JUSTINE

OU

LES MALHEURS

DE

LA VERTU,

Avec Préface

Par le Marquis de SADE.

O món ami! la prospérité du crime est comme la
foudre, dont les feux trompeurs n'embellissent un instant l'atmosphère, que pour précipiter dans les abîmes
de la mort le malheureux qu'ils ont ébloui!

TOME II, chap. 21.

TOME SECOND.

PARIS.

CHEZ OLIVIER, LIBRAIRE,
Rue Saint-André-des-Arcs, Nº 35;
ET CHEZ L'ÉDITEUR, RUE J.J.-ROUSSEAU, Nº 3.

1836.

JUSTINE.

IMPRIMERIE DE FÉLIX MALTESTE ET Cie,
Rue Traînée, n. 15 et 17, place Saint Eustache.

CHAPITRE PREMIER.

I.

DÉLIVRANCE.

Il n'était pas encore midi quand Georges et son compagnon arrivèrent au village près duquel était situé le château de Juliette; le père Guibard voulait déjeuner à la première auberge, afin de se présenter avec plus d'a-

plomb; mais l'impatience et l'anxiété du jeune
Valmer étaient trop vives pour qu'il consentît
à s'arrêter un instant, il déclara donc au
vieux forçat que, s'il faisait halte, il passerait
outre, et se présenterait seul chez la baronne.

— Pourtant j'ai le pressentiment que votre
présence me serait utile, père Guibard, reprit
Georges; mais quelques minutes maintenant
peuvent avoir l'influence la plus terrible sur
le sort de Justine; je vous en conjure, suivez-
moi.

— Allons soit, mon garçon; c'est partie
remise : nous en serons quittes pour boire
quelques bouteilles de plus à la santé de qui
il appartiendra.

Ils arrivèrent bientôt près du château :
c'était un monument du moyen-âge, qui
ressemblait beaucoup plus à une forteresse
qu'à une maison de plaisance; il était entouré
de hautes murailles flanquées de tourelles

crénelées, au pied desquelles était un fossé
large et profond.

— Voici une maison de campagne, dit le
père Guibard, qui ressemble terriblement à
celles où j'ai eu l'honneur de passer la moitié
de ma vie; ça ne sent pas bon, Georges!

— C'est possible; mais Justine est dans ce
séjour : ne vous ai-je pas dit que je l'irais
chercher en enfer?

— Sans doute, tu l'as dit, parce que ce
sont de ces choses qui se disent.

— N'avez-vous donc jamais aimé, Guibard?

— Oh! assez sur l'article, mon garçon;
cela nous mènerait trop loin; or le pont du
château fort est baissé, et nous voici arrivés
à la porte.

Georges sonna, et il s'écoula quelque temps
sans que l'on donnât signe de vie à l'intérieur;

c'est que tout le domestique de cette maison se composait de quatre hommes, qui étaient les âmes damnées, les ministres aveugles des volontés de Juliette et du comte, son amant, si ce titre d'amant peut signifier quelque chose entre deux êtres d'une dépravation si grande. Ces hommes, rebut de la société, tout souillés de crimes énormes, ne pouvaient espérer d'asile plus sûr que ce château, où ils trouvaient d'ailleurs les moyens de faire une fortune rapide, leur obéissance étant d'autant mieux payée qu'elle était sans bornes.

Au bout d'un quart d'heure cependant le guichet de la porte principale s'ouvrit, et un visage sinistre s'y présenta de l'intérieur.

— Que demandez-vous?

— Nous avons, dit Georges, des choses importantes à communiquer à la baronne de Carimont et au comte de Bonvalier.

Le guichet se referma sans que le valet eût répliqué, et, un quart d'heure s'étant encore écoulé, les visiteurs commençaient à croire qu'ils auraient à vaincre plus de difficultés qu'ils ne l'avaient imaginé, pour pénétrer dans cette singulière demeure, lorsque tout-à-coup la porte s'ouvrit; ils furent introduits. Après avoir traversé une vaste et silencieuse cour, ils entrèrent dans une immense salle basse, où ils trouvèrent le comte.

— Que me voulez-vous? dit brusquement ce dernier.

— Nous voulons, dit Georges d'une voix ferme, voir mademoiselle Justine de Melleran dont vous vous êtes fait le protecteur.

— Je n'aime pas les curieux, reprit brusquement le comte.

Et, tournant brusquement le dos aux visi-

teurs, il se retirait lorsque Georges, le saisissant par le bras, l'arrêta en disant :

—Je n'avais que des soupçons; maintenant
je suis sûr que Justine est la victime de quelque infâme machination..,. Il faut que je lui
parle, monsieur!

—Les insolens ne sont pas, ici, mieux
venus que les curieux, s'écria le comte; qui
êtes vous?

—Je vous le dirai en présence de mademoiselle de Melleran.

—Puisque vous le voulez absolument, dit
monsieur de Bonvalier avec un sourire iro-
nique, il faut bien vous satifaire.

A ces mots il sortit, sans que Georges,
cette fois, songeât à le retenir, persuadé
qu'il allait être enfin conduit près de Justine.

—Mon garçon, dit à demi-voix le père Guibard, je commence à croire que tu nous as fait mettre dans un guêpier.

—Je ne pense pas que le comte ose nous faire un mauvais parti ; il ignore qui nous sommes, et il sait que deux hommes ne disparaissent pas sans que la justice s'en émeuve.

—C'est que ce gaillard-là m'a tout l'air d'être de ceux qu'on n'effraie pas aisément.

En ce moment un domestique entra, et invita les visiteurs à le suivre. Une porte s'ouvrit devant eux, à l'extrémité de la salle ; lorsqu'ils y furent arrivés, leur guide se rangea pour les laisser passer ; mais au même instant la terre manqua sous leurs pieds, ils tombèrent dans une cave où régnait la plus profonde obscurité.

—Mille diables ! s'écria Guibard, je n'ai jamais fait de pareille culbute.

— Êtes-vous blessé? demanda Georges.

— Je ne le crois pas; car me voilà sur mes jambes, et je puis remuer les bras; mais nous voilà dans une souricière, dont nous pourrons bien ne pas sortir tout entiers.

Georges en avait aussi été quitte pour quelques contusions; il se hâta de faire à tâtons le tour du lieu où ils se trouvaient, et il reconnut que, indépendamment de la trappe qui s'était refermée sur leur tête, cette espèce de tombeau avait une porte à l'une de ses extrémités; mais ce fut inutilement que Guibard et lui réunirent leurs efforts pour l'ouvrir.

— Nous sommes perdus! s'écria-t-il. Justine, qui te sauvera?

— Ça n'est pas le moment de faire plus de bruit que de besogne, lui dit tout bas le vieux forçat; les murs peuvent avoir des

oreilles dans cette caverne que l'enfer con-
fonde.... Moi, vois-tu, quand je m'embarque sans biscuit c'est que je ne sais pas où
il y en a ; aussi, à tout hasard, j'ai mis mes
deux vieux amis dans mes poches avant de
partir, et j'ai, en outre, un eustache qui ne
demande qu'à être bien emmanché pour
rendre service. A présent, raisonnons : si
cet enragé de comte avait voulu nous faire
passer le goût du pain , ça serait déjà fait ;
puisque ça ne l'est pas, il est présumable
qu'il nous enverra de quoi nous empêcher
de mourir de faim ; alors tu comprends qu'il
faudra jouer des poignets. Tiens, voici un
de mes pistolets; mais songe bien que nous
n'avons que deux coups à tirer, que ce n'est
pas le cas de brûler sa poudre pour rien ;
d'ailleurs ça fait un bruit de tonnerre, et il
n'en faudrait peut-être pas davantage pour
nous mettre sur les bras plus d'animaux que
nous n'en pourrions tuer.

Georges ne put s'empêcher d'admirer la

présence d'esprit de cet homme dans une
pareille circonstance; il sentit en même
temps l'espoir renaître dans son cœur.

— Vous espérez donc que nous nous tirerons d'ici? dit-il.

— Moi, mon garçon, tant que le grand
diable n'aura pas fait du bouillon avec
ma carcasse, je ne désespérerai de rien.
Crois-tu donc que je n'aie pas plus d'une
fois battu la semelle dans un lieu pire que
celui-ci?... Il y avait cette différence que j'a-
vais les chaînes aux pieds et rien dans les
poches, tandis que j'ai maintenant des jau-
nets dans ma ceinture, un étui qui contient
de quoi couper la ferraille, deux *crucifix à
ressort* qui n'ont jamais raté, et un brave
garçon bien disposé à défendre sa peau.

— O Justine! serais-je assez heureux pour
te sauver!...

— Que le diable t'emporte! vas-tu recom-
mencer à nous faire faire des bêtises?

— Que m'importe de recouvrer ma liberté, si je ne dois pas revoir celle que j'adore !

— Nom de Dieu ! Georges, ça m'importe à moi !... J'ai plus de quinze mille francs en possession, et j'ai assez vécu pour savoir qu'il n'y a pas de maîtresse qui vaille cela.

Georges comprit que son amour le rendait coupable d'ingratitude, et il ne put se défendre d'un mouvement d'indignation contre lui-même en pensant qu'il était en reste de générosité avec un brigand.

— J'ai eu tort, père Guibard, dit-il vivement; l'amour m'aveuglait, mais vous me pardonnerez, puisque vous avez été amoureux....

— Ne touchons jamais cette corde-là, mon garçon.... Les vieilles blessures font souvent

plus soüffrir que les nouvelles , et si.... Bah!
je ne veux pas m'en souvenir.... Attention!
j'entends du bruit!

Le vieux forçat ne se trompait point; des
pas pesans faisaient retentir les voûtes sou-
terraines; la porte de leur cachot s'ouvrit;
deux hommes, armés jusqu'aux dents, entrèrent avec précaution, et posèrent à terre
la lanterne qui les éclairait.

— Si vous faites la moindre résistance,
vous êtes mort! dit l'un d'eux.

— Eh! messieurs, répondit le père Guibard, comment deux pauvres diables ose-
raient-ils concevoir l'idée de résister à des
personnes comme vous!

L'air humble et résigné du galérien, que
Georges s'efforçait d'imiter, eut tout le succès qu'il en attendait.

— Vous allez donc répondre à nos questions, ajouta, en s'avançant vers les prisonniers, celui des deux hommes qui avait déjà
parlé.

— Vraiment! nous serions bien mal avi-
sés de vous refuser quelque chose, reprit
Guibard.

En prononçant ces paroles, il lança à
Georges un regard significatif, et, saisissant
brusquement l'un des individus d'une main,
de l'autre il lui plongea, à plusieurs reprises,
son couteau dans la poitrine. Au même instant, Georges s'élança sur le dernier adversaire, le prit à bras le corps, et le serra
étroitement afin de le terrasser avant qu'il
eût pu faire usage de ses armes; mais celui-
ci était d'une force telle que l'issue de la
lutte eût été funeste au jeune Valmer, si
Guibard ne se fût empressé de le secourir.
Déjà Georges avait été renversé; il tenait

toujours son ennemi fortement embrassé ; mais celui-ci était parvenu à dégager l'une de ses mains, et à saisir enfin un pistolet, lorsque Guibard se jeta sur lui et le poignarda.

— Le plus difficile n'est pas fait, Georges! s'écria-t-il; en route! et surtout n'oublie pas que les armes à feu font du bruit.

Il arracha un trousseau de clefs pendu à la ceinture de l'un des morts, s'empara de ses armes tandis que Valmer en faisait autant de son côté; puis ils entrèrent dans un long corridor souterrain, ouvrirent plusieurs portes, et ne tardèrent pas à apercevoir la lumière du jour.

— En pareille circonstance, mon garçon, dit le vieux forçat, c'est la queue qui est le plus difficile à écorcher. En ma qualité d'ancien, je vais faire l'avant-garde; mais ne me perds pas de vue.

Ils entrèrent alors dans une petite cour,
regardèrent autour d'eux, ne virent que de
hautes murailles et des fenêtres garnies d'é-
pais barreaux. Une petite porte, qu'ils n'a-
vaient pas vue, s'ouvrit avec violence; le
comte parut aussitôt, suivi des deux autres
misérables qui s'étaient donnés à lui corps
et âme.

— Vous n'irez pas plus loin, dit-il.

Et il fit feu presque à bout portant sur
Guibard; mais ce dernier, que le sang-froid
n'abandonnait jamais, fut assez heureux
pour détourner le coup d'une main, tandis
que, de l'autre, il faisait sauter la cervelle au
troisième des quatre scélérats subalternes,
et que Georges traitait le quatrième de la
même manière.

— Nous en avons mis à la raison de plus
méchans que vous, dit Guibard en prenant
M. de Bonvalier à la gorge, et nous vous

y mettrons, monseigneur le comte, quand vous auriez encore à vos ordres cinquante dogues comme ceux que nous venons de mettre à l'ombre.... Allons, Georges, fouille-le pendant que je le tiens en respect.

Ce dernier hésitait; malgré les obligations qu'il avait contractées envers le vieux forçat, il ne pouvait consentir à faire le métier de voleur; Guibard vit que son compagnon le comprenait mal.

— Sacredieu! enfant, s'écria-t-il, il ne s'agit de prendre ici que pour nous empêcher d'être pris. Je n'en veux pas à sa bourse qui, certainement, n'est pas aussi bien garnie que la mienne; ôte-lui seulement ses armes; prends son mouchoir et tâche d'en faire une corde assez solide pour lui attacher les mains derrière le dos.... Allons donc! Ce brigand-là voulait nous enterrer tout vifs, et on dirait que tu as peur

de l'égratigner.... Serre ferme!... Bien comme
ça !

Pendant que Georges agissait, Guibard
n'avait pas cessé de tenir le canon de l'un
de ses pistolets appuyé sur la poitrine de
M. de Bonvalier; mais dès que Georges eut
mis ce dernier dans l'impossibilité de nuire,
le vieux bandit baissa son arme, et dit fort
tranquillement au comte :

— Maintenant, monseigneur, je t'offre
une capitulation avantageuse : tu vas marcher devant, afin de nous conduire jusque
dans la campagne, sans te faire accompagner, sans dire un seul mot autrement que
pour empêcher tes gens de nous suivre.
Quand nous serons à une distance convenable, je te rendrai l'usage de tes mains; tu
me feras alors une quittance des trente
mille francs que je t'ai empruntés à ton insu,
et tout sera terminé. Quant aux morts et

2.

aux blessés, ce sera ton affaire; tu feras enterrer les uns, panser les autres, et tu te dé-
brouilleras avec l'autorité comme tu l'en-
tendras.... J'espère que je m'explique clairement.... Ah! j'oubliais de te prévenir que si
cela n'est pas exécuté à la lettre, si tu fais
un geste capable de me donner le moindre
soupçon, je prendrai la liberté grande de te
casser la tête, sans plus de façon que tu
n'en ferais pour nous faire couper le cou si
tu le pouvais. Tu acceptes, n'est-ce pas?

M. de Bonvalier écumait de rage; cependant il allait répondre et accepter ces conditions, lorsque Georges s'écria :

— Qui donc sauvera Justine?

— C'est ma foi vrai! j'allais oublier la petite
mère, dit Guibard, mais monsieur le comte
est trop poli pour refuser quelque chose
à des hommes qui se conduisent comme
nous le faisons, et il va commencer par nous

mener près de cette belle enfant........ A
moins qu'il n'aime mieux que nous allions
la retrouver sans lui, et dans ce cas je prendrais sur moi de l'envoyer rejoindre ses
fidèles serviteurs.

Le comte de Bonvalier étouffait de fureur;
ses yeux semblaient près de sortir de leur
orbite, et il grinçait des dents de manière à
se les briser.

—Allons, mon fils, nous sommes pressés,
reprit le vieux forçat : est-ce oui ou non?

Et il lui mit le bout de son pistolet à deux
pouces des lèvres. On se mit en marche;
après avoir parcouru un long et sombre corridor, et deux pièces immenses sans rencontrer personne, le comte s'arrêta à une porte
il appela Juliette; la baronne parut; mais à
l'aspect de son complice ainsi garrotté et accompagné, elle s'enfuit épouvantée dans le
fond de son appartement.

—Juliette! s'écria de nouveau le comte,
nos fidèles serviteurs sont morts, et vous ne
vous sauveriez pas en m'abandonnant.....
Allez donc préparer Justine à recevoir ces
gens.

—Cela ne sera pas ainsi, dit Georges
auquel ces paroles firent soupçonner quelque
trahison. Je sais de quoi sont capables les
êtres de votre sorte, et je veux prendre mes
mesures en conséquence.

A ces mots, laissant la garde du comte à
son compagnon, il s'élança à la poursuite de
Juliette, qu'il atteignit promptement.

—Ne me tuez pas! grâce!.... s'écria-t-elle
en se jetant aux pieds de Valmer.

—Levez-vous; il ne vous sera fait aucun
mal si Justine nous est rendue. Je veux seulement vous mettre dans l'impossibilité de
nous nuire.

—Allons, dit Guibard, serre-lui les pouces, et que ça finisse.

Georges coupa quelques cordons de sonnettes, et lia solidement pieds et mains à la baronne qu'il laissa en cet état pour revenir au comte, auquel il arracha violemment sa montre.

—Je te donne deux minutes encore, lui dit-il en lui faisant remarquer l'heure; dans deux minutes je serai près de Justine, ou tu seras mort! Il n'y a pas de puissance humaine capable de me faire changer de résolution.... Va donc, misérable !

M. de Bonvalier ouvrait la bouche sans pouvoir articuler un mot, et ce ne fut qu'après un violent effort qu'il parvint à dire en frappant du pied sur un meuble.

—Prenez les clefs qui sont là.

Georges s'en empara aussitôt, et l'on se

remit en marche. Après avoir parcouru encore plusieurs appartemens, et gravi un escalier qui semblait pratiqué dans l'épaisseur de la muraille, le comte s'arrêta près d'une petite porte, et fit signe à Georges de l'ouvrir; c'était celle de la prison de Justine.

En reprenant l'usage de ses sens, après l'horrible traitement qu'elle avait subi, l'orpheline s'était trouvée dans son lit, et elle avait tenté de se lever; mais elle était si faible, et le moindre mouvement lui causait des douleurs si aiguës, qu'il lui avait été impossible de quitter le lit; cependant la voix de Georges, qui s'était élancé dans la chambre en l'appelant, lui rendit à la fois des forces et du courage.

— Grand Dieu! s'écria-t-elle, Georges au pouvoir de ces monstres!....

— Rassure-toi, tendre amie; c'est moi qui suis maître de leur sort. Tiens! regarde, ajou-

ta-t-il en traînant M. de Bonvalier jusques
auprès du lit, regarde, et prononce l'arrêt
de ce scélérat.

Le comte, en proie à d'horribles convul-
sions, se roulait sur le parquet en rugissant
comme un tigre; et Georges, le bras tendu,
se tenait prêt à exécuter la sentence.

—Laisse-lui la vie, ô mon ami! Dieu, qui
le juge, saura aussi le punir.

—Il n'y a que les morts qui ne parlent
pas, enfans, dit le vieux forçat.

Et à son tour il étendit le bras; mais Justine, s'élançant hors du lit, détourna l'arme
qui allait punir le comte, et lui ôter ses souffrances.

—Au moins, reprit Guibard, vous me
laisserez le ficeler de manière à ce qu'il ne
parle que le plus tard possible.

Il saisit alors le misérable qui se débattait
à ses pieds, le jeta sur le lit que l'orpheline
avait quitté, et l'attacha si fortement entre
les draps, qu'il devint impossible à cet infâme
de faire le moindre mouvement.

Cependant Justine s'habillait en s'efforçant
de retenir les cris que les douleurs qu'elle
ressentait étaient à chaque instant sur le
point de lui arracher; car elle savait bien que
c'était fait du comte, si Georges soupçonnait
seulement l'horrible torture à laquelle elle
avait été mise. Enfin tous trois quittèrent
cette chambre, et Georges insistait pour
sortir le plus promptement possible du château; mais ce n'était pas là le compte de
Guibard.

— Ça, mes enfans, dit-il, parlons un peu
raison : croyez-vous que ces gaillards-là ne
nous doivent rien?

— Guibard, je vous en prie, ne touchons
pas cette corde-là.

—Comment, sacredieu! que je ne touche
pas?..... Mais je veux toucher, moi! toucher
ce qui m'est dû, légitimement dû.... Ecoute,
Georges, je suppose que nous soyons d'honnêtes gens.....

— Qu'est-ce à dire? interrompit Valmer
en le regardant.

— Ah! oui.... c'est juste. Eh bien! alors
je ne suppose pas; mais je dis : nous sommes
d'honnêtes gens; nous nous sommes tirés
par miracle des griffes de ces enragés; en
conséquence nous portons plainte, et nous
demandons des dommages intérêts qui ne
peuvent manquer de nous être accordés.

— Mais vous savez bien que nous ne
sommes pas en position de nous plaindre.

— Justement! et c'est pour cela que je
veux leur épargner les frais de justice, d'autant plus que je ne puis pas souffrir les procès.

— Faites-nous grâce de vos sophismes,
père Guibard.

— Comme tu voudras, mon garçon ; mais
je ne ferai certainement pas grâce à ces scé-
lérats-là de ce qu'ils me doivent. Je puis me
vanter de l'avoir gagné à la sueur de mon
front.

Ce fut inutilement que ces jeunes gens
tentèrent de le faire renoncer à son projet;
il n'en voulut rien rabattre, et, tandis qu'ils
traversaient la cour du château, le vieux
bandit mettait dans ses poches l'or et les bijoux du comte et de la baronne.

CHAPITRE DEUXIÈME.

II.

RETOUR A PARIS.

Tandis que Justine et ses libérateurs s'é-
loignaient rapidement du château, Juliette
faisait tous ses efforts pour se débarrasser
de ses liens ; elle parvint enfin à dégager ses
pieds, et, comme les portes avaient été lais-

sées ouvertes, elle put se rendre dans la
chambre de Justine où elle trouva M. de
Bonvalier auquel le désespoir et la fureur
avaient presque fait perdre la raison. La vue
de Juliette le calma un peu; elle s'approcha
de lui, et il vint à bout de la débarrasser,
à l'aide de ses dents, de la corde qui lui
liait les mains. La baronne, à son tour, s'empressa de rendre la liberté à son infâme
complice, et ils tinrent conseil sur ce qu'ils
devaient faire. Deux heures après, le comte
alla requérir les autorités du village voisin;
il dit qu'une bande d'assassins s'étaient introduits dans le château, que les domestiques avaient été tués en défendant leur maîtresse, et que lui et la baronne n'avaient
échappé à la mort que par une espèce de
prodige. Or, les autorités en général sont
trop bien élevées, et savent trop ce qu'elles
doivent à un comte qui a plus de cent mille
francs de revenu, pour oser le soupçonner
de mensonge. Les paroles de M. de Bonvalier

furent donc reçues comme paroles d'É-
vangile; procès-verbal fut dressé en conséquence; les morts furent enterrés, la justice
informa; les gendarmes empoignèrent tout
ce qui leur tomba sous la main; puis, comme
les coupables ne se trouvaient pas, on s'occupa d'autre chose, et les deux misérables
recommencèrent à vivre comme par le passé.

— Maintenant, mes enfans, dit Guibard
aux deux amans lorsqu'ils furent assez loin
du château pour n'avoir rien à craindre,
maintenant j'ai presque réparé le mal que je
vous avais fait bien involontairement; mais
j'ai peur que ça ne serve pas à grand'chose.
Si vous étiez gens à suivre un bon conseil,
je vous dirais : mettons votre esprit, vos bonnes manières et ma vieille expérience dans le
même sac, et l'eau ne manquera jamais au
moulin. Nous ne ferions que des affaires sûres; je sais bien qu'elles sont rares, mais
nous pouvons les attendre, et quand la pe-

lote sera bien ronde, lorsque nous aurons
de quoi acheter chacun une propriété de
cinq ou six cent mille francs, nous nous re-
tirerons, et nous vivrons dans le fond de
quelque province comme des princes du
sang, sans que jamais personne s'avise de
nous rien dire, attendu que des gens qui
ont vingt-cinq mille francs de revenu sont
les amis naturels des autorités en général,
et des procureurs du roi en particulier.

— Assez, Guibard; je ne souffrirai pas
que vous alliez plus loin.

— J'en étais sûr! mon pauvre garçon, tu
ne comprends absolument rien à la vie, et
j'en suis fâché pour toi. Que diable! avec
l'esprit que tu as, tu dois pourtant reconnaître cette vérité qu'il faut être voleur ou
volé.

— Eh bien, soit! j'aime mieux être volé.

— Eh ! que veux-tu que l'on prenne à un homme qui n'a rien? Or, quand on n'est pas enclume, il faut se faire marteau ou se résoudre à être toujours entre les deux. Pourquoi donc la perspective du bagne t'effraie-t-elle tant, puisque, de gaîté de cœur, tu consens à mener une vie plus pénible que celle des forçats?... Et puis tu auras beau faire , tu n'échapperas pas toujours aux mains de fer de la nécessité ; il peut arriver qu'un jour ton estomac crie plus haut que ce que tu appelles ta conscience, et alors tu supporteras les charges sans avoir joui des bénéfices....

— Vous m'avez rendu service, Guibard, et je vous pardonne cette offense.

— Mon Dieu! je n'ai pas l'intention de te faire de la peine.... Mais il est terrible de voir un si bon garçon patauger dans la misère, lorsque, pour avoir de l'or, il n'a qu'à se baisser et en prendre.

3.

— Adieu, Guibard, il est temps que nous
nous quittions.

— Il le faut bien; mais je veux m'acquitter autant que possible. Les suites de ta dernière arrestation t'ont ruiné, et c'est moi
qui en ai été la cause : j'ai là dix mille francs
à ton service....

— Merci.

— Tu refuses?

— J'accepterais cette somme à titre de
prêt, si elle vous appartenait légitimement.

— En ce cas, mon garçon, dépêche-toi
d'aller reprendre la chaîne; car cet argent
sort de la même source que celui avec lequel j'ai payé ta rançon au capitaine : si tu
es conséquent, tu vas aller te constituer prisonnier à l'instant même.... Je t'y prends
donc, grand raisonneur !... Pour rassurer ta

conscience, je te donne ma parole que cet argent ne vient pas du château que nous quittons. Enfin, tâche de te persuader que, si tu n'as pas le sou, tu ne seras pas libre dans vingt-quatre heures.

Ce dernier argument était le plus puissant que pût faire valoir Guibard; et c'était vraiment quelque chose d'étrange que ce vieux criminel s'épuisant en raisonnemens captieux pour forcer l'homme qui le méprisait à recevoir son or. Georges sentit qu'en effet il serait impossible que lui et Justine échappassent aux recherches de leurs persécuteurs, s'ils n'avaient, pour vivre, d'autre ressource que la pitié publique; mais il ne voulut accepter que la somme qui lui était nécessaire pour quitter le pays et attendre le moment où son travail lui permettrait de pourvoir à ses besoins.

— Oh! ma foi, dit Guibard en lui met-

tant presque de vive force dix billets de banque dans la main, c'est aussi par trop fort! Je
veux que le diable me brise les os si j'ai dit,
pour en empocher trois fois autant, le quart
des paroles qui me sèchent le gosier depuis
une demi-heure.

A ces mots, il tourna les talons et s'enfuit
à toutes jambes.

Le jour allait finir; Justine marchait trop
difficilement pour qu'il fût possible de songer à retourner à Lyon; ils ne pouvaient
d'ailleurs séjourner maintenant sans danger
dans cette ville.

— Je crois que nous sommes bien près
de la grande route, dit Justine; évitons-la.

— J'y pensais, répondit Georges.... Mais
il me vient une idée : cette route est celle
de Paris; les diligences qui partent pour
cette dernière ville ne peuvent tarder à passer; allons à Paris.

— A Paris, grand Dieu! revoir cet horrible pays où j'ai tant souffert!

— C'est que nous étions séparés, ma tendre amie! Paris est le lieu où l'on se cache le plus facilement, où l'on se perd le mieux dans la foule. Nous nous logerons dans quelque mansarde; je chercherai de l'occupation et nous pourrons vivre ignorés, puisque c'est là le seul bonheur auquel nous puissions aspirer maintenant.

— Oh! tu dis vrai, mon Georges; c'est parce que nous étions séparés que j'ai souffert : près de toi, j'oublie mes chagrins et l'avenir me fait moins peur.

Ils arrivèrent bientôt sur la route; Georges ne s'était pas trompé; une diligence passa au moment où ils mettaient le pied sur le pavé.

— Conducteur, avez-vous des places?

— Il n'y a personne dans le coupé.

— Nous allons y monter, et je vous paie
rai trois places afin que vous n'y receviez
pas d'autre voyageur.

— Bon, bon, mon gaillard! disait le conducteur en mettant pied à terre et riant
dans sa barbe; je connais ton affaire.... La
poulette est ma foi gentille.... Elle veut voir
du pays, cette jeunesse; c'est bien naturel....
Oh hé! en route!

Et le pavé recommença à trembler sous
les roues de la lourde machine. Le voyage
se fit sans accident; les amans se livraient
tout entiers au plaisir d'être réunis, et ou-
bliaient presque leurs chagrins; il y avait si
long-temps qu'ils n'avaient goûté quelques
instans de bonheur! Le conducteur, toujours persuadé qu'il avait affaire à des jeunes
gens de bonne famille qui faisaient leurs fre-

daines, et espérant être grassement récom-
pensé de sa complaisance, répondait pour
eux chaque fois que les gendarmes demandaient les passe-ports des voyageurs; aux
uns il disait que Georges était son cousin,
aux autres qu'il était son neveu, lequel,
sous sa sauvegarde, à lui conducteur de diligence et gardien naturel des bonnes mœurs
sur le grand chemin, conduisait dans sa famille sa jeune fiancée. Il arrivait souvent
qu'à ce mot de fiancée les amans se regar-
daient; le beau visage de Justine se couvrait
d'une admirable rougeur, son cœur battait
plus fort et plus vite que de coutume; et
reportait tristement vers la terre ses yeux
charmans où se peignaient si bien le désir,
l'espoir et la crainte. Georges alors lui serrait la main, et lui disait tout bas :

— Les lois ne semblent-elles pas faites
pour protéger les méchans et faire souffrir
les bons? Qu'y a-t-il besoin de loi entre toi
et moi?

L'orpheline tressaillait; il se passait en
elle quelque chose d'indéfinissable, qui tenait à la fois de la douleur et de la joie, et,
après un moment de silence, elle répondait
en soupirant :

—Georges, ce n'est pas la loi de Dieu qui
est contre nous.

Enfin, ils arrivèrent à Paris sans avoir
éprouvé le moindre accident désagréable.
Georges se hâta de louer un appartement
modeste qu'il garnit d'un mobilier peu coû-
teux, des ustensiles nécessaires au ménage,
et ils recommencèrent à vivre d'une vie dé-
licieuse, bien qu'elle ne fût pas sans danger
pour leur vertu. Plus d'un mois s'écoula
ainsi; les amans ne se quittaient presque
pas; la plus courte séparation leur causait
tant d'alarmes, que Georges n'avait cherché
aucun emploi, et que ni l'un ni l'autre n'a-
vaient songé à rendre productifs les talens

qu'ils possédaient, lorsqu'ils s'aperçurent
que la somme qu'ils devaient à la singulière
libéralité d'un bandit était déjà diminuée d'un
tiers. D'un autre côté, les commères du voi-
sinage commençaient à jaser sur leur compte;
on s'étonnait qu'un frère et une sœur si
jeunes vécussent en véritables reclus.

— Et puis, disait la portière de la maison où ils habitaient, la preuve qu'il y a de
la gabgie là-dessous, c'est qu'ils vivent
comme des rentiers et sont logés comme
des gueux.... Ça ne fait œuvre de ses dix
doigts tant que dure la sainte journée du
bon Dieu, et ça donne autant pour boire au
garçon traiteur pour un dîner de trois plats
que je gagne dans une partie de ma semaine.... Est-ce que c'est là une conduite?...
Ça peut-y s'appeler avoir des mœurs?... Eh
ben! mes enfans, l'propriétaire, à qui j'en ai
touché un mot.... Car moi, voyez-vous, je
suis pour la sagesse du sesque; une femme

peut avoir une faiblesse, j'dis pas ; on n'est
pas toujours maîtresse d'ses sentimens à l'é-
gard d'un quelqu'un qui a l'avantage d'vous
r'venir ; mais une faiblesse qui dure deux
mois sans débrider, vous conviendrez que
c'est trop fort ! Aussi y n'y a pas d'sou pour
livre qui tienne, faut que j'lâche c'que j'ai
sur l'cœur.... Pour en revenir au propriétaire,
y m'dit comme ça, avec son p'tit air de saint-
n'y-touche :

— M'ame Guincheux, chacun est libre
chez soi ; laissez cuire c'qui n'brûle pas pour
vous.

— Tiens, que je m'dis à moi-même, on
voit bien qu'il a reçu un terme d'avance.

Mais c'est égal ; j'ferai tant que je saurai
l'fin mot, et alors nous verrons.

Quelques mots de ce bavardage étaient
venus aux oreilles de Georges ; Justine, de

son côté, s'aperçut qu'elle était devenue un objet de curiosité pour la portière et ses voisines : il n'en fallut pas davantage pour faire prendre aux jeunes gens la résolution de quitter cette maison le plus promptement possible.

— Et pourtant, dit Georges, il est à peu près certain que ce qui nous arrive ici nous arrivera ailleurs; l'espèce humaine est partout la même; que faire?

— Nous séparer, mon ami, et ne nous voir que rarement en attendant des temps meilleurs.

— Y penses-tu?... Justine! est-ce bien toi qui parles de séparation?...

— Je parle d'obéir à la nécessité, mon cher Georges.... Ecoute : cet argent dont nous avons dissipé une forte partie, est-il bien à nous?... A quel titre appartenait-il à

l'homme qui nous a forcés de le recevoir?...
Ne penses-tu pas que, depuis notre départ de Lyon, nous avons transigé tacite-
ment avec notre conscience? Ne négligeons
donc rien pour remplacer, par le produit de
notre travail, ce que nous avons dépensé,
et considérons désormais cette somme
comme un dépôt que nous devons toujours
être prêts à remettre à son véritable propriétaire.

Georges avait trop de noblesse dans
l'âme pour ne pas comprendre la justesse
de ce raisonnement.

— Ange du ciel, dit-il en appuyant ses
lèvres sur le front de l'orpheline, je veux ,
quoi qu'il m'en coûte, m'efforcer de me
rendre digne de toi!

Tous deux alors réfléchirent profondément pendant quelques instans, puis Georges reprit :

— J'ai vaguement entendu parler de bureaux de placement où , moyennant une
modique somme, on procure des emplois
aux gens capables de les remplir; nous nous
y présenterons demain : que le ciel ait pitié
de nous!

— O mon ami! le ciel est juste, s'écria
Justine en l'embrassant tendrement; puisqu'il permet que nous sortions purs de cette
épreuve terrible!... Séparons-nous, Georges !
séparons-nous , pour rester vertueux aux
yeux de Dieu et malgré le jugement des
hommes !

Les larmes de la jeune fille brûlaient le
visage de Georges; il fit un effort violent
pour s'arracher des bras de sa bien-aimée.

— Reste, reste, ami, lui dit-elle froidement, le danger est passé.... Georges, je sens
bien maintenant que ce n'est que devant
Dieu que je puis me donner à toi!

CHAPITRE TROISIÈME.

III.

LES DEUX CONDITIONS.

Dès le lendemain Georges et Justine se présentèrent chez l'un de ces placeurs dont le jeune homme avait parlé, et le trouvèrent donnant audience à une cohue de palefreniers, valets de pied, cuisinières, cochers, etc.

4.

— Voyons, mes amis, leur dit-il quand leur tour fut venu, qu'est-ce qu'il vous faut?... Et d'abord commençons par le commencement.. Vous êtes deux, c'est dix francs d'enregistrement.

Georges lui remit cette somme, et le buraliste inscrivit sur un registre les noms qu'il leur fallut se donner dans cette circonstance.

— Vous n'avez pas encore servi?

— Jamais; mais ce ne sont pas des places de domestiques que nous vous demandons.

— C'est différent. Eh bien! qu'est-ce que nous savons faire?..... Vous comprenez que les choses se paient en raison de leur importance....

En parlant ainsi il feuilletait son registre, et il continua sans attendre de réponse :

— Voici un célibataire fort aisé qui de-

mande une demoiselle pour tout faire......
C'est une condition superbe quand on sait
remplir l'emploi, et avec ces jolis yeux-là....
Une marchande de modes qui demande une
jeune personne d'un physique agréable pour
aller en ville..... Un curé de la banlieue qui
demande une nièce....

— Aurez-vous bientôt fini ces imperti-
nences? dit Georges, qui sentait le sang lui
monter au visage. Nous voulons des emplois
honorables......

— Diable! croyez-vous donc qu'il ne soit
pas très-honorable d'être la nièce d'un curé
qui a plus de dix mille francs de revenu?

— Passez, passez, je vous prie.

— Ma foi, que voulez-vous que j'offre à
des gens qui refusent ce que j'ai de mieux?....
J'ai bien encore la femme d'un chef de division aux finances, qui demande une demoiselle de compagnie....

— Cela me convient, dit Justine.

— Alors c'est bien le cas de dire : qui choisit prend pis. Quant à vous, jeune homme, j'ai aussi votre affaire : une place de caissier chez un négociant; mais il faut un cautionnement de quatre mille francs.

— Je le fournirai, si la place en vaut la peine.

— Cent louis d'appointemens, la table et le logement... Je vous présenterai moi-même aujourd'hui..... Vous sentez que, pour des choses de cette importance, l'enregistrement.

— Nous saurons reconnaître vos soins.

Je vais donc donner à cette belle demoi_selle une lettre pour madame de Marcilly..... On prendra des informations; mais cela vous regarde.

Justine trembla; elle n'avait pas pensé à

cet inconvénient; mais Georges avait déjà
jugé l'homme auquel ils avaient à faire; il
avait deviné qu'avec un peu d'or on lui ferait
faire tout ce qu'on voudrait.

— Des raisons de famille et d'amour-propre,
dit-il, nous mettent, ma sœur et moi, dans
l'impossibilité d'indiquer les personnes auprès desquelles on pourrait prendre des
renseignemens sur notre compte; faites
en sorte de lever cette difficulté, et nous
nous montrerons généreux.

— Diable! pas d'informations, pas de certificats...... Oh! si le célibataire vous conve-
nait ou si vous vouliez être nièce de curé, ça
irait tout seul; mais.... Je trouve un moyen....
Vous serez la fille d'un de mes anciens amis,
colonel tué sur le champ de bataille.....
Votre mère est morte à la suite d'un procès
qui l'avait ruinée, etc.... Vous me laisserez
dire, et tout ira bien. Il est justement l'heure

de se présenter chez madame de Marcilly;
je vais vous y conduire.

Georges mit dix louis sur le bureau, et
pria ce nouveau protecteur de les recevoir
à titre d'à-compte; puis tous trois montèrent
dans une voiture de place, et quelques heures
après Justine était installée chez le chef de
division.

— Maintenant, jeune homme, à votre
tour, dit le buraliste; nous sommes en veine
de succès..... Ah! ça, vous savez qu'il s'agit de
quatre mille francs comptant : il ne faudrait
pas trop s'avancer si les fonds devaient se
faire attendre....

— J'ai la somme sur moi; mais, de même
que pour ma sœur, les informations....

— Laissez donc tranquille! est-ce que des
billets de banque ne sont pas les meilleurs
certificats du monde?.... M. de Rinval va

nous recevoir à bras ouverts.... Ce n'est pas
qu'il ait besoin d'argent, au contraire; la
plupart du temps, il ne sait que faire de ses
capitaux.... Mais avec votre tournure, vos
manières aisées.... Je le connais, il sera enchanté de vous; je ne vous donne pas huit
jours pour devenir son ami intime.

Ils mirent pied à terre à la porte d'une
maison de très-belle apparence, montèrent
au premier étage, et Georges lut sur l'une
des portes : *bureaux et caisse*. Ils furent introduits dans un appartement élégamment
meublé et trouvèrent M. de Rinval en robe
de chambre, étendu sur un divan et lisant
le Constitutionnel.

— Monsieur, dit le buraliste, j'ai l'honneur de vous présenter un caissier....

— Parbleu, mon cher, vous êtes un
homme charmant!... Monsieur a-t-il quelque
habitude des chiffres?

— Je dois vous avouer, dit Georges, que mes connaissances sur ce point sont fort superficielles; mais j'ai assez bonne opinion de moi-même pour être sûr d'acquérir promptement celles qui me manquent.

— Bien, bien, répliqua le négociant; quand vous ne sauriez absolument rien, je répondrais de faire quelque chose de vous.... Monsieur sait les conditions?...

— Et il est porteur de la somme, répondit le buraliste.

— Charmant! voilà comme on doit mener les affaires.... Mon Dieu, s'il fallait s'appesantir sur des peccadilles.... Mon cher caissier, je vous pousserai! la fortune est une donzelle dont je connais les faiblesses, et qui, avec moi, vous traitera en enfant gâté. Vous pouvez entrer en fonctions dès aujourd'hui; et nous allons commencer par faire ce que nous ferons chaque jour à pareille heure, c'est-à-dire un déjeuner confortable.

Georges était enchanté de la tournure d'esprit de son patron; il tira de son portefeuille quatre billets de mille francs et les lui présenta.

— Oh! mon Dieu, dit Rinval en les chiffonnant négligemment, cela aurait pu se faire un autre jour.... Allons, c'est une affaire enterrée.

Georges glissa encore quelques pièces d'or au buraliste dont la pantomime devenait expressive, et qui se retira très-satisfait de l'emploi de son temps et du prix que l'on avait mis à sa haute protection. M. de Rinval s'habilla, demanda son cabriolet, il prit familièrement Georges sous le bras, et au bout de quelques minutes le cabriole

les emportait rapidement vers le Palais-Royal
où ils déjeunèrent. Au retour, Valmer prit
possession des clefs de la caisse, examina
les livres et reconnut qu'il y avait en portefeuille des billets à ordre et des lettres de
change pour une somme considérable; mais
le numéraire était absent, et Georges n'eut
pas même à encaisser ses quatre mille francs
de cautionnement. Il en fit l'observation à
son patron.

— Bien, bien, dit celui-ci légèrement; il
suffit que les écritures soient régulières;
ainsi écrivez : *Rinval doit à caisse* 4,000
francs.

Bientôt il arriva des ballots de marchandises de toute espèce; on acquittait les fac-
tures avec des billets de portefeuille; et
ceux que l'on donnait étaient toujours remplacés par d'autres; mais d'argent point.
Georges ne comprenait rien à tout cela; il

s'embrouillait dans les reviremens, et, quand
il avait obtenu quelques explications du
maître, il se trouvait encore plus embrouillé
qu'auparavant. Du reste, tout allait le mieux
du monde; de Rinval le traitait comme un
ami, et la table était toujours excellente.
Au bout d'un mois, Valmer songea à ses appointemens; mais, comme le numéraire n'é-
tait pas devenu plus abondant dans la caisse,
il demanda ce qu'il devait faire sur ce point.

— Je vous expliquerai cela, mon ami, lui
dit le patron; je cherche en ce moment la
solution d'un problème de la plus haute
importance, et c'est pour la trouver que
je laisse les choses dans l'état où elles sont.
Vous sentez bien que je ne puis pas, pour
une misère, déroger de mon système finan-
cier.... Cela vous étonne?... Patience; vous
serez bientôt initié à tout cela, et vous pourrez admirer la conception de mes plans de
finances.

Cela n'était pas plus clair que le reste; mais Rinval promettait une explication prochaine et satisfaisante, et Georges, bien.que un peu inquiet, prenait patience.

La condition de Justine n'était pas meilleure : madame de Marcilly voulait que sa demoiselle de compagnie l'aidât à tromper son mari; ce dernier voulait qu'elle lui rendît secrètement compte de toutes les actions de sa femme, et il en résulta que, ne voulant consentir à plaire à tous deux à ce prix, elle ne tarda pas à en être détestée. Un mois ne s'était pas écoulé, qu'elle demanda son congé et se retira dans le nouveau logement où Georges avait déposé leur modeste mobilier.

— Ne cherche plus d'emploi, ma bonne sœur, lui avait dit ce dernier; mes appointemens sont assez considérables pour subvenir à tous nos besoins, et nous n'aurons pas à redouter les propos des méchans, puisque je ne ferai chez toi que de courtes apparitions.

Ce nouvel arrangement ne devait pas avoir une longue durée. Un matin, en entrant à son bureau, Georges le trouva envahi par des huissiers, des recors, des gardes du commerce, des agens de police et un commissaire ; la solution du grand problème de M. de Rinval était trouvée ; elle consistait en cent mille francs qu'il avait réalisés la veille, et avec lesquels il était parti pour l'étranger. Les meubles furent vendus ; ils ne produisirent pas de quoi payer les frais de justice, et le malheureux Georges, désespéré, fut contraint de partager de nouveau l'asile de Justine.

CHAPITRE QUATRIÈME.

IV.

IL ÉTAIT TEMPS.

L'HIVER était venu ; la situation de Georges et de Justine était affreuse, ils ne possédaient plus rien. Justine n'osait chercher de l'ouvrage, Georges n'en pouvait trouver. Tout, jusqu'à leurs vêtemens, avait été vendu

5.

pour vivre; ils ne portaient plus que des haillons, et ils couchaient sur un peu de paille.

Un jour, c'était le second qu'ils passaient sans pain, Justine pleurait et s'efforçait de cacher ses larmes à Georges qui, les bras croisés, marchait à grands pas dans la chambre, et semblait en proie à d'horribles pensées. Tout-à-coup, il s'élance vers la porte :

— Prends patience, Justine, dit-il d'une voix altérée, je vais bientôt revenir.

— Où vas-tu, Georges? s'écria l'orpheline en le retenant; que vas-tu faire?

Et remarquant le désordre de ses traits, elle ajouta :

—Non, Georges, tu ne sortiras pas ainsi..., mon bon ami, je t'en conjure, reste près de moi.... Je suis mieux maintenant; je n'ai plus faim.

Elle le serrait dans ses bras; Valmer laissa tomber sa tête sur son épaule; son exaltation avait cessé; il était abattu, et semblait honteux d'avoir été si près de commettre une mauvaise action.

— Cependant, dit-il après un assez long silence, nous ne pouvons vivre ainsi.

— Eh bien! nous mourrons, et notre conscience n'aura pas cessé d'être pure.

—Nous, mourrons, Justine!... Il me semble que ce mot-là me soulage; il m'oppressait et je n'osais pas te le dire. Qu'avons-nous à espérer sur cette terre, asile du crime? Oui, partons pour un monde meilleur.... Mourons; n'attendons pas que la faim nous déchire les entrailles avec ses ongles de fer.... La faim pourrait nous rendre criminels, je l'ai senti tout à l'heure.... Si nous commettons une faute en abrégeant un peu notre

agonie, nous avons assez souffert pour que
Dieu nous pardonne.

Justine le tenait toujours embrassé, et
elle pleurait amèrement.

—O mon Dieu! s'écria-t-elle, il est donc
bien vrai que nous n'avons plus rien à espérer
des hommes!... plus rien que des tortures....
Et les barbares se disent frères! et ils croient
à la vie éternelle!....

—Ils ont flétri ma jeunesse, dit Georges;
ils m'ont tout enlevé, jusqu'à l'espérance.
Que ferais-je désormais parmi ces bêtes féroces qui m'ont marqué du sceau de la ré-
probation? Laisse-moi sortir maintenant,
Justine, je suis sûr de moi. Je vais revenir
dans quelques instans, et nous ne nous sé-
parerons plus.

Justine cessa de le retenir; alors il descendit lentement l'escalier. Son chapeau était le

seul objet de son accoutrement qui eût quelque valeur; il le vendit pour une faible somme. La vue de l'argent faillit ébranler sa résolution; il ne put s'empêcher de penser qu'il possédait de quoi apaiser la faim qui les dévorait, Justine et lui.

— Mais que ferons-nous après? se dit-il; demain les maux que nous souffrons recommenceraient , et nous n'aurions plus le moyen de les faire cesser promptement.

Craignant de céder à la tentation contre laquelle il luttait; il courut acheter du charbon, qu'il emporta dans les pans de sa redingote en lambeaux.

— Dans une heure nous aurons cessé de souffrir.

L'orpheline entendit ces paroles sans frissonner; elle ne pleurait plus; elle allait mourir dans les bras de Georges, et c'était

un bienfait dont elle remerciait Dieu. Valmer
s'occupa aussitôt des préparatifs de ce double
suicide; il calfeutra soigneusement la porte
et la fenêtre, boucha la cheminée avec de
la paille et des lambeaux de couverture, puis
il alluma le charbon.

— Viens, Justine, dit-il en prenant l'orpheline par la main, viens t'asseoir près de
moi; nous allons écrire à ma mère.

Il prit la plume, et il traça les lignes sui-
vantes avec calme :

« Ma bonne mère, dans quelques momens
« vos enfans seront réunis dans le sein de
« Dieu. Ne pleurez pas sur notre sort; ré-
« jouissez-vous, au contraire, de nous savoir
« affranchis de l'horrible esclavage auquel
« nous étions voués. Non, ce n'est pas com-
« mettre une mauvaise action que d'abré-
« ger notre agonie : la faim nous tuait, elle
« pouvait nous pousser au crime.

« Vous savez, bonne mère, si Justine et moi
« avons manqué de courage, si nous avons sup-
« porté avec résignation les maux terribles
« qui nous ont frappés; mais à quoi bon pro-
« longer la lutte quand l'espoir d'un avenir
« meilleur est enlevé à deux infortunés ?

« Encore quelques instans, et les hommes
« qui demandaient notre sang, au nom de
« la justice qu'ils outragent, ces hommes
« seront satisfaits. Déjà mes paupières s'ap-
« pesantissent, un tintement lugubre ré-
« sonne à mes oreilles. Justine est là près
« de moi, elle éprouve les mêmes symp-
« tômes de mort; notre dernier soupir s'exha-
« lera en même temps.

« Nous n'emportons qu'un seul regret,
« mère chérie, c'est celui de ne pouvoir vous
« embrasser.... Adieu. »

Justine voulut écrire à son tour; mais il
était trop tard, les forces lui manquèrent,

et elle ne put que mettre son nom à côté de
celui de Georges. Valmer se hâta de fermer
la lettre et d'y mettre l'adresse. Puis, réunis-
sant les forces qui lui restaient, il prit dans
ses bras Justine, qui venait de perdre connaissance, l'étendit sur sa misérable couche,
l'enveloppa soigneusement dans ses vêtemens, et se plaça près d'elle en attendant
la mort.

Cependant l'horrible détresse de ces jeunes
gens avait été remarquée dans le quartier ; à
leur insu, des voisins s'étaient intéressés à
eux, et l'on avait instruit de leur situation
une dame d'un âge avancé, qui cachait son
nom, mais qui faisait de fréquentes visites
aux malheureux, et leur distribuait des
secours. Ce jour-là même elle vint et, après
avoir pris quelques informations dans la
maison, elle alla frapper à la porte du galetas
dans lequel gissaient, sans connaissance, les
deux infortunés.

—Ils sont pourtant chez eux, dit une voisine, étonnée de ce que la porte ne s'ouvrait pas; il n'y a pas une heure que le jeune homme est rentré avec une provision de charbon, et, quelques minutes avant votre arrivée, je les entendais encore parler.

Ce fut un trait de lumière pour la généreuse dame.

—Du charbon, dites-vous?..... Et leur misère est si grande!....

— Ah! dame! à vous parler franchement je crois bien qu'ils ne mangent pas tous les jours; mais ils sont si fiers qu'on n'ose pas leur offrir....

— Plus de doute! les malheureux se sont asphyxiés.... Au nom de Dieu! aidez-moi à enfoncer cette porte.... ou plutôt courez chercher du secours, je marche si lentement!.... Dieu veuille qu'il ne soit pas trop tard!

La voisine descendit rapidement l'escalier, en criant au secours, et en un instant tous les habitans de la maison arrivèrent; un vigoureux auvergnat enfonça la porte de deux coups de pied, et des soins de toute espèce furent prodigués aux deux infortunés qui semblaient tout-à-fait privés de sentiment. la charitable visiteuse s'était emparé de Justine qu'elle frictionnait pour rétablir la circulation du sang, tandis qu'un des assistans déshabillait Georges dont le cœur battait encore faiblement. Tout-à-coup deux cris d'horreur font retentir la mansarde : la dame qui secourait Justine était madame de Boistange, et elle venait de reconnaître la jeune fille qu'elle croyait coupable d'un si grand crime; de son côté, l'homme qui secourait Georges venait de voir sur l'épaule de ce malheureux l'empreinte qu'y avait apposée le bourreau! Peu s'en fallut que les moribonds ne fussent abandonnés par tous ces gens si empressés d'abord à les secourir;

mais madame de Boistange, malgré l'émotion violente qu'elle éprouvait, resta près de l'orpheline, et son exemple fut suivi à l'égard de Georges. Dès qu'ils furent hors de danger, la baronne pria qu'on la laissât seule avec eux, et, s'étant placée près de Justine, qui regardait avec étonnement autour d'elle, elle lui dit :

— Justine, c'est la providence qui m'a conduite ici pour vous empêcher de commettre un nouveau crime....

— Grand Dieu! madame de Boistange!....

— Ne craignez rien; ce n'est pas pour vous livrer au bourreau que je vous ai arrachée à la mort.

— Oh! il est donc bien vrai que vous me croyez coupable d'un crime exécrable?.... au nom de Dieu! écoutez-moi.

—Eh! malheureuse, vous osez nier quand je vous retrouve avec un galérien qui fut sans doute votre complice!.... Croyez-moi, quelque avancé qu'on soit dans le crime, la voie du repentir n'est jamais fermée; il n'est jamais trop tard pour implorer la miséricorde de Dieu qui est immense comme sa puissance.

—Je suis innocente! j'en atteste le ciel.... C'est une horrible histoire! pourquoi ne pas vouloir m'entendre. O mon Dieu! mon Dieu! que ne me laissiez-vous mourir!...

Elle tenta de nouveau de faire entendre sa justification ; mais la baronne se leva et elle ajouta:

— Allez, puisque vous ne voulez pas mériter votre pardon, je vous livre à vos remords si vous en êtes capable..

A ces mots, elle déposa sa bourse sur la

cheminée et elle sortit. Pendant ce temps, Georges se tordait les bras, se frappait la poitrine, et cherchait des yeux quelque instrument avec lequel il lui fût possible de se donner la mort. La voix de Justine parvint à le calmer un peu.

— Valmer, lui dit-elle, sans doute nos âmes n'étaient pas encore assez épurées par le malheur, puisque Dieu, à qui nous voulions les remettre, a refusé de les recevoir. Vivons, ami, puisqu'il le faut.

— Vivre! mais à défaut de charbon c'est la faim et la misère qui vont nous tuer. Comment rester dans cette maison, après ce qui vient de se passer, et où aller dans l'état où nous sommes?... Dieu est donc bien cruel!... Je me sens prêt à le maudire!

— Ne blasphème pas, Georges. Nous avions tort sans doute. Qui donc nous avait révélé l'avenir? Nous avons outragé Dieu en doutant de sa puissance; nous avons cru à l'impossibilité d'un avenir meilleur, et cet avenir nous est peut-être réservé.

— O Justine! tu es un ange!

Il l'embrassa tendrement, et ils pleurèrent long-temps.

— Je veux m'efforcer de me rendre digne de toi, dit enfin Valmer; rien ne me rebutera; je vais me présenter partout où il me sera possible d'employer utilement mes bras.... S'il nous restait seulement un peu de pain pour attendre à demain!...

Il s'avança alors machinalement vers la cheminée; mais quelle fut sa surprise d'y trouver la bourse que la baronne y avait déposée; Justine la reconnut, c'était elle-même qui l'avait brodée pendant les jours heureux qu'elle avait passés chez madame de Boistange. Georges l'ouvrit; elle contenait près de cinq cents francs.

— Douterons-nous encore de la Providence, Georges?

— Partons, partons à l'instant même, ma sœur bien-aimée ; nous ne sommes plus en sûreté ici?

Il prit quelques pièces d'or et courut chez le propriétaire de la maison pour payer ce qu'il lui devait ; mais lorsqu'il entra tout le monde s'enfuit à son aspect. Georges alors recouvra toute sa dignité.

— Qui vous a donné mission de me juger? s'écria-t-il.

Et, jetant son or sur une table, il reprit :

— Voici de quoi émouvoir votre cœur; donnez-moi quittance, et gardez votre pitié.

Les propriétaires ressemblent tous à ce ministre qui disait que l'or ne sent jamais mauvais; la vue de ce métal sembla avoir

jeté un reflet favorable sur la figure de Valmer; celui-ci voulut bien lui dire qu'en effet il n'avait pas les traits hideux d'un voleur de grand chemin, et il lui présenta la
quittance d'assez bonne grâce.

Ce jour-là même les quelques meubles
vermoulus, qui garnissaient la mansarde des
amans, furent chargés sur une charrette;
ils n'achetèrent que ce qui leur était indis-
pensable, et prirent un logement le plus
loin possible du lieu où s'étaient passées les
dernières scènes que nous venons de raconter. Peu de jours suffirent pour qu'ils se re-
missent entièrement de l'indisposition qui
avait été la suite inévitable d'un commencement d'asphyxie; Georges chercha par
tous les moyens possibles à se procurer de
l'occupation; il trouva enfin à donner quelques leçons de dessin; Justine broda pour
un magasin de nouveautés, et le calme succéda encore une fois à l'orage.

CHAPITRE CINQUIÈME.

V.

LES FAUSSAIRES.

PENDANT plusieurs mois Georges et Justine vécurent avec la plus stricte économie, car le produit du travail de l'orpheline était presque nul, et Valmer ne donnait que fort peu de leçons; mais l'avenir se présentait à

eux sous un aspect plus favorable : Georges
avait fait la connaissance d'un jeune graveur
de beaucoup de talent; ils s'étaient liés ensemble d'une étroite amitié, bien que d'Amblemar, le jeune artiste, ignorât les antécé-
dens de Georges. Ce dernier, sentant tout
l'avantage qu'il trouverait dans l'exercice
d'une profession indépendante et lucrative,
avait prié son jeune ami de l'initier aux secrets de son art, et il avait travaillé avec tant
de zèle, il avait si bien profité des leçons de
son maître, qu'en moins d'une année il atteignit un degré de perfection presque égal
à celui de son généreux ami.

— Williams, lui dit d'Amblemar (Williams était le nom sous lequel Valmer se
cachait), Williams, je n'ai plus rien à t'en-
seigner : encore quelques efforts et tu serais
mon maître; le temps n'est pas loin où je
pourrais dire avec orgueil : Williams, le cé-
lèbre Willams est mon élève! Mais, en atten-

dant que je partage ta gloire, il est juste
que tu partages ma fortune, laquelle, comme
tu le sais, se compose d'une nombreuse
clientèle. A toutes celles de mes pratiques,
que je ne puis satisfaire assez promptement
à leur gré, je montrerai ce que tu sais
faire; je les engagerai à s'adresser à toi, et
j'espère que, dans deux ou trois mois, ta
fortune sera en bon chemin.

Georges fut si vivement ému d'un si noble
procédé qu'il put à peine répondre à son
ami. Justine apprit cette bonne nouvelle avec
un plaisir d'autant plus vif que Georges
formait un plan de conduite qu'il se proposait de suivre, et qui devait rendre facile
l'accomplissement des vœux les plus ardens
qu'ils eussent jamais formés.

— Quand j'aurai amassé une somme considérable, dit-il, et cela ne peut être long,
il me sera facile, avec le secours de d'Amble-

mar, d'obtenir un passe-port pour l'Angleterre sous le nom que j'ai adopté. Nous irons
à Londres, mon ange bien-aimé; nous serons enfin unis des nœuds les plus saints....
La misère, l'horrible misère ne sera plus à
craindre pour nous; car on fait plus de cas
en Angleterre qu'en France de l'art que je
possède maintenant.... Ma bonne mère nous
rejoindra.... Oh! tu avais raison, ma Justine
bien-aimée, et j'étais bien coupable de vouloir renoncer à l'avenir que je ne pouvais
connaître....

D'Amblemar tint parole; Georges eut
bientôt plus de besogne qu'il n'en pouvait
faire : les cliens semblaient lui tomber des
nues, et quelques-uns lui offraient, de certains ouvrages, six fois plus que le pauvre
garçon n'eût osé en demander. Il travaillait
sans relâche, passait une partie des nuits;
l'espérance et l'amour triplaient ses forces
en même temps qu'il semblaient agrandir
son talent.

— La fortune est enfin lasse de nous tourner le dos, disait Georges; encore quelque
temps et nous serons à l'abri de ses caprices.

Justine aussi était heureuse de l'avenir
qu'elle entrevoyait, et formait d'admirables
projets, dont l'exécution, bien qu'impraticable, lui semblait la chose du monde la plus
facile. D'abord Georges et elle feraient im-
primer à cent mille exemplaires un mémoire
justificatif que l'on distribuerait dans toute
la France, qui serait lu de tout le monde, et
qui aurait le miraculeux pouvoir de faire
comprendre à tous jugeans, procureurs du roi
et autres, que deux et deux font quatre, et que
tous les objets ne sont jaunes que pour les
gens qui ont la jaunisse. Le résultat de cette
belle œuvre devait être la réhabilitation
complète et spontanée de Georges et de l'orpheline, et par suite leur rappel en France,
où leur vie serait dès lors filée d'or et de soie.
Pauvres enfans! ils ignoraient que des mal-

heureux condamnés à la peine capitale et
exécutés, puis reconnus innocens, attendent depuis cinquante ans dans le tombeau
une réhabilitation qui ne viendra jamais! Ils
ne pouvaient pas prévoir que, dans des
temps meilleurs, alors qu'une voix généreuse se ferait entendre à la tribune nationale pour demander la réparation des maux
que des juges vendus à un pouvoir hideux
avaient fait peser sur la tête de quelques généreux enfans de la France, un homme....
je dirais presque un cannibale, viendrait in-
voquer l'autorité de la chose jugée, et demander l'abandon des victimes et le respect
pour les assassins.... Nous en sommes là,
nous autres Français, et l'on dit que l'Europe nous admire.... En vérité, il n'y a pas
de quoi!

Justine et Georges se berçaient donc des
plus douces illusions; la fortune, pour eux,
se montrait maintenant de plus en plus fa-

vorable. La bonne madame Valmer, après
avoir quitté sa chaumière, était venue s'in-
staller chez ses chers enfans ; et les succès
de Georges étaient tels, les sommes que lui
rapportaient ses ouvrages si considérables,
que l'on ne tarda pas à s'occuper des préparatifs du départ.

Valmer avait été trop malheureux pour
ne pas être prudent; il n'agit donc qu'avec
la plus grande circonspection. A d'Amblemar, qui lui reprochait de vouloir quitter la
France, il disait que les graveurs d'outre-
mer n'avaient pas de concurrens sur le con-
tinent; qu'il n'allait là que pour acquérir ce
qui lui manquait, et qu'il en reviendrait dès
qu'il aurait découvert quelques-uns de ces
secrets qui semblaient impénétrables aux
artistes français. D'Amblemar, enthousiaste
comme tous les véritables artistes, ne tarda
pas à trouver admirable ce qu'il avait blâmé
d'abord, et, grâce à lui, Georges obtint sans

difficulté un passe-port pour lui, sa mère et
sa sœur.

Tous se crurent sauvés; Justine passa une
nuit en prières pour remercier le ciel; madame Valmer fit célébrer trois messes et brûler vingt cierges, et Georges, l'âme épanouie,
le cœur bondissant d'espérance, se dirigeait
vers son domicile, muni du bienheureux
passe-port, lorsqu'il fut accosté par un individu à la parole aisée, aux manières dis-
tinguées, qui lui dit :

— Je crois ne pas me tromper, et j'ai
l'honneur de parler à l'un de nos plus célè-
bres graveurs?

— Monsieur, l'épithète est flatteuse ;
mais....

— Je n'en rabattrai rien, mon cher monsieur; car ce n'est pas légèrement que je
vous ai jugé. Bien que simple amateur, j'ai

des connaissances que de grands artistes se
trouveraient peut-être fort heureux de pos-
séder.... Et si vous vouliez me faire l'honneur de visiter ma collection.... Cela coûtait
si peu à Georges, et semblait être chose si
importante pour son interlocuteur, qu'il eût
été honteux de se faire prier ; il dit donc à
l'inconnu qu'il était prêt à le suivre pour
examiner la collection, et celui-ci s'empressa
de le conduire jusqu'à une maison d'assez
belle apparence, bien que située dans un
lieu isolé.

— Vous allez voir des merveilles, monsieur, lui dit l'inconnu ; mais cela n'éton-
nera pas un homme qui est habitué à en
faire.

— En vérité, monsieur, vous avez de moi
une trop haute opinion !

— Je sais ce que vaut l'humaine espèce,

et je la traite en conséquence.... Oh! je suis sûr que nous nous entendrons parfaitement tout à l'heure!...

Ces dernières paroles parurent suspectes à Georges, et il commençait à se repentir de s'être aventuré si légèrement, lorsqu'étant arrivé dans une très-grande pièce parfaitement éclairée il se trouva tout-à-coup environné par quatre hommes armés jusqu'aux dents.

— Ami, lui dit l'un d'eux, nous savons ce que tu peux exécuter : voici des cuivres, des burins, des pierres, du papier à calquer, des pinceaux de toute espèce ; s'il te manquait quelque chose, on te le donnerait à l'instant même ; mais, si dans huit jours nous n'avons pas une planche de billets de mille francs de la banque.... tu comprends, il n'y a que les morts qui ne parlent pas.... Tiens, voici des modèles.

Et à ces mots le misérable qui parlait jeta plusieurs billets de banque sur une table où se trouvaient en effet tous les outils nécessaires pour consommer le crime qu'ils avaient médité.

— Moi, faussaire! s'écria Georges; ne l'espérez pas!

— Holà, monseigneur, dit l'un des quatre misérables, ne faites donc pas tant le difficile.... Est-ce que par hasard vous pensez qu'il y ait plus de mal à raboter du cuivre qu'à tuer des gendarmes?

Le pauvre Georges fut atterré par ces paroles. Ces hommes le connaissaient; il était à leur discrétion, et ce n'était que par un crime qu'il pouvait acheter leur silence! Ainsi tous ses plans, ses projets, dont l'exécution devait être si prochaine, s'évanouissaient comme un songe! Le bonheur qu'il

s'était cru sur le point d'atteindre lui échap-
pait comme une ombre!... Toutefois son
abattement ne dura qu'un instant; le courage et la résolution lui revinrent promptement, et il dit :

— Puisque vous me connaissez, vous devez savoir qu'il n'est pas facile de me faire
changer de volonté. J'ai pu, en défendant
ma vie menacée, avoir le malheur d'ôter la
vie à mes semblables; mais je ne commet-
trai pas de sang-froid un crime qui me fait
horreur.

— Diable! tu es devenu bien difficile!...

Et s'il n'eût fallu que barbouiller un carré
de papier pour empêcher Charlot de te mettre l'estampille sur l'épaule gauche, est-ce
que tu te serais fait prier? Et si, lorsque tu
étais le numéro sept de la chaîne dont j'avais
l'avantage d'être le numéro trois, il n'avait

fallu que promener un brinborion d'acier
sur un morceau de chaudron pour faire des-
serrer la cravate que le valet de chambre de
Bicêtre t'avait mise à coups de marteau, te
serais-tu avisé d'avoir des scrupules?... Nous
ne te demandons pas de travailler pour rien :
tu seras pour un tiers dans les bénéfices, et
c'est de l'or qu'on te donnera. En attendant,
tu ne manqueras de rien : voici un bon lit
qui t'est destiné ; tu dresseras chaque jour
le menu de ton dîner d'après la carte du
meilleur restaurateur de Paris, et, quand
l'envie t'en prendra, on te donnera une jolie fille pour te désennuyer....

Georges n'entendait que confusément ce
que lui disait le bandit ; il s'était assis, et,
la tête appuyée sur ses mains, il réfléchis-
sait, et cherchait quelque expédient pour
sortir promptement de ce repaire.

—Réfléchis tant que tu voudras, reprit

son interlocuteur; mais tâche de ne pas oublier que, si dans huit jours la besogne n'est
pas faite, on te guérira du mal de dents....
Après toi un autre : il ne manque pas de
graveurs à Paris, et tu devrais nous remercier de t'avoir donné la préférence.

Les bandits se retirèrent, et Georges put
s'assurer que toute tentative d'évasion était
inutile. Alors sa fermeté l'abandonna de
nouveau; il pleura; puis il devint furieux,
brisa tout ce qui tomba sous sa main, et, re-
grettant de n'avoir pas tenté de repousser la
force par la force, il frappa violemment à la
porte, déterminé à se jeter sur le premier
scélérat qui se présenterait, et à se faire tuer.
Mais il eut beau frapper, crier, personne ne
vint : tout avait été prévu; et les geôliers du
pauvre garçon avaient trop d'expérience
pour ne pas savoir que ces emportemens
seraient de courte durée. En effet, Georges
se calma; ses forces étaient épuisées; il se

jeta sur le lit, et, malgré l'horrible situation dans laquelle il se trouvait, il ne tarda pas à s'endormir.

Le lendemain, les mêmes hommes, toujours armés, entrèrent dans la chambre du malheureux prisonnier; ils chargèrent une table de viandes froides, de vins et de liqueurs de toute espèce, et celui qui paraissait être le chef de la bande, et qui seul, la veille, avait adressé la parole à Georges, lui dit :

—J'espère, mon camarade, que tu ne seras pas assez sot pour bouder contre ton ventre; nous allons déjeuner ensemble, si tu veux bien le permettre. Si tu aimes mieux manger seul, ne te gêne pas.

Georges avait réfléchi pendant une partie de la nuit; il avait senti l'impossibilité de se tirer des mains de ces misérables, autrement que par la ruse, et, bien qu'il n'eût pas en-

7.

core de plan arrêté, il résolut de se montrer moins éloigné que la veille, de faire ce que l'on attendait de lui.

— Ce sera comme vous voudrez, répondit-il d'un air assez dégagé; un convive, quel qu'il soit, ne me fait pas peur.

— A la bonne heure, donc! mille carcasses de diables! Voilà qui est parler en bon enfant.... A table, garçon, et vive la joie!

Valmer continua de faire bonne mine à mauvais jeu, mangea d'assez bon appétit, but sans trop de façon, et s'efforça de paraître insouciant.

— Ah! ca, mon garçon, lui dit son amphitryon, il ne s'agit pas d'être aussi enfant qu'hier. D'abord il faut bien te persuader que jamais tu ne trouveras une aussi belle occasion de faire fortune; car, après tout, qu'est-ce que nous te demandons? une chose

toute simple, une chose très-innocente en
elle-même : ce cuivre est à moi, je lui donne
la forme qu'il me plaît : j'en pourrais faire
une casserole ou un crucifix, j'aime mieux
qu'il devienne moule à billets; ça ne regarde
personne, ceux qui s'aviseraient de le trouver
mauvais auraient tort, et je me chargerais
volontiers de le prouver de manière à leur
ôter pour toujours la fantaisie de se mêler
de mes affaires.... Tu me diras que, bien que
très-simple, excessivement simple, l'opération n'est cependant point sans danger : j'en
conviens; mais ça ne te regarde pas : Le
danger ne peut pas être pour toi, qui ne sortiras d'ici que les poches pleines. Nous
sommes cinq; tu es le sixième, on t'offre le
tiers; j'espère que c'est gentil, d'autant plus
que ce tiers-là doit être au moins de cinq cent
mille francs.... Tu en feras ce que tu voudras,
quant à nous, avec notre million, et ce que
nous avons déjà..... car tu dois voir qu'on
n'est pas dans la misère...nous nous reti-

rerons en Allemagne, nous achèterons des
terres, des seigneuries... Moi d'abord j'adore
les Allemandes..... Et en avant le droit du
seigneur!

— Mais, répondit Georges, l'exécution de
votre projet n'est pas aussi facile que vous
l'imaginez; car avec la planche que vous
demandez vous n'aurez qu'une partie de
ce qui est nécessaire. Où trouverez-vous
le papier convenable.

— On trouve tout ce que l'on veut quand
on a de quoi le payer. Le papier se fabrique
ici; je t'en montrerai demain un échantil-
lon..., Allons, mon garçon, à la besogne, et
tape-nous ça au bon coin.

— A la bonne heure; mais si je me rends
à vos désirs, j'espère que vous ne me refuserez pas la satisfaction de donner de mes
nouvelles à ma famille; ma mère et ma sœur

doivent être dévorées d'inquiétude ; je vais leur écrire, et je ne toucherai le burin que lorsque vous m'aurez montré un reçu de ma lettre.

— Diable ! c'est scabreux.... Ça dépend de ce que tu veux écrire ; si tu hasardes un mot qui puisse faire soupçonner où tu es, bernique ! Écris donc, et nous verrons.

Georges écrivit :

« Ma bonne mère, ma chère sœur, soyez « sans inquiétude sur mon sort. Une affaire « imprévue me tiendra quelques jours éloi- « gné, mais il n'en résultera de dommage « pour personne. Je vous embrasse comme « je vous aime.

« WILLIAMS. »

Justine et madame Valmer étaient au désespoir ; après avoir fait pendant vingt-

quatre heures, toutes les recherches possibles, elles se persuadèrent que Georges avait
été arrêté, et elles cherchaient un expédient
pour s'en assurer, ce qui était assez difficile,
attendu qu'un seul mot, un nom pour un
autre, pouvaient aggraver la situation du
prisonnier, et compromettre leur propre
sûreté; déjà plusieurs moyens avaient été
proposés, examinés et rejetés, lorsqu'un
homme entra brusquement dans la chambre
où ces deux femmes éplorées tenaient
conseil, et, présentant une lettre à Justine,
il dit :

— Lisez vite, et donnez-moi un reçu.

— C'est son écriture! c'est de Georges!
s'écria Justine en s'empressant de briser le
cachet.

Madame Valmer s'approcha; toutes deux
ur'ent en même temps le billet du prisonnier,

et la plus grande surprise se peignit dans leurs traits.

— Où est-il donc? que fait-il? s'écrièrent-elles en même temps.

— Ça ne me regarde pas. Donnez-moi un reçu.

A toutes les questions qui lui furent faites, le messager ne répondit pas autre chose.

— Eh bien! dit Justine, je vous accompagnerai; je veux parler aux gens qui vous ont envoyé.

— Ces gens-là n'ont rien à vous dire, et, si vous vous avisez de mettre le pied dans la rue avant une heure, vous ne coucherez pas dans votre lit.

— Au moins vous me permettez d'écrire...

— Le reçu que je vous demande, et pas autre chose.

Il fallut bien céder; Justine donna à l'inconnu le reçu qu'il demandait, et il disparut aussitôt.

— Il y a quelque affreux mystère, dit madame Valmer; bien certainement Georges n'est pas libre; il n'y a point d'affaire importante qui ait pu l'empêcher de nous tirer de l'horrible inquiétude où nous sommes.

— Et cependant, dit Justine, ce n'est pas ainsi qu'il écrirait s'il était en prison.... mais cet homme qui ne veut répondre à aucune question, qui répond par une menace à l'offre qu'on lui fait de l'accompagner..... O mon Dieu! de quel affreux malheur sommes-nous donc menacées!....

Elle se jeta dans les bras de madame Valmer, et les larmes de ces deux infortunées se confondirent.

CHAPITRE SIXIÈME.

VI.

TORTURES.

Georges avait pris le burin; mais il ne travaillait que bien lentement, épiant l'occasion de prendre la fuite, et espérant qu'elle se présenterait avant qu'il fût arrivé à la fin de cette œuvre criminelle; mais chaque

jour son espoir diminuait. Les précautions
de ses gardiens étaient toujours les mêmes;
jamais ils n'entraient sans être armés, dans
la chambre qui servait à la fois de prison et
d'atelier au malheureux artiste, et il ne cessait d'être gardé à vue. Bien que les huit
jours qui lui avaient été accordés fussent
écoulés, l'ouvrage n'était qu'ébauché, et le
chef des brigands, au pouvoir desquels était
le jeune Valmer, ne dissimulait pas son mé-
contentement.

— Mon pauvre garçon, dit-il un jour à
Georges, je crois que j'ai trouvé le moyen
de te faire travailler un peu plus vite; c'est
de t'amener ici cette petite fille qui te tourne
la cervelle. Ainsi, elle entrera ici ce soir;
mais je dois te prévenir qu'elle n'en sortira
plus. Toi, c'est différent, quand notre affaire
sera faite, tu auras de bonnes raisons pour
te taire sur notre compte; mais comptez
donc sur la discrétion d'une grisette!

— Scélérat ! s'écria Georges.

Et, saisissant l'un des instrumens de sa profession, il s'élança vers le bandit ; mais ce dernier, reculant de deux pas, tira un pistolet de sa poche, et il en présenta le canon au jeune homme en lui disant froidement :

—Chacun son goût, et, puisque tu aimes mieux te faire casser la tête que de devenir millionnaire, je veux bien te satisfaire ; mais en conscience tu aurais dû le dire plus tôt.

Il fit feu.... l'amorce seule brûla.

— Le diable te protège, reprit-il ; je ne veux pas être plus méchant que lui. Revenons donc où nous en étions : je t'amènerai ta maîtresse ce soir....

— Ne t'occupe pas d'elle, infâme ! c'est à cette condition que j'achèverai l'exécrable ouvrage que j'ai entrepris.

— Tu auras donc fini demain?

— Oui, demain.... Oh! s'il ne s'agissait que de ma vie!...

— Il s'agit d'être millionnaire dans quinze jours, voilà ce que tu ne devrais pas perdre de vue.

Georges ne répliqua point et se mit à travailler avec ardeur; mais les forces lui manquèrent, sa main trembla et une sueur froide inonda son visage lorsqu'il en fut à ces mots : *la loi punit de mort le contrefacteur.* Il lui sembla qu'il venait de lire son arrêt.

— L'échafaud partout et toujours, se dit-il; la loi veut du sang et toujours du sang!... Comment donc les cœurs généreux ne seraient-ils pas en révolte contre la loi?

Il reprit le burin et essaya de graver cette horrible sentence; mais le cœur lui manqua de nouveau ; et ce ne fut qu'en faisant les plus grands efforts qu'il parvint à terminer la planche que les bandits attendaient avec tant d'impatience. Ils en tirèrent aussitôt plusieurs épreuves, et les comparèrent avec les billets qui avaient servi de modèles ; la ressemblance était d'une exactitude frappante.

—Je veux sortir maintenant, dit Georges.

— Oh ! oh ! nous n'en sommes pas là, répondit le chef. D'abord je ne souffrirai pas que tu nous quittes les mains vides ; il faut que tu aies ta part du gâteau, comme cela est convenu.

—— Je vous l'abandonne.

— Heim ? voici qui sent terriblement la trahison.... Qu'en dites-vous, vous autres?... Reste et tais-toi. Nous verrons dans quelques jours ce que nous aurons à faire.

II. 8

Il fallut bien se résigner ; car la colère et
les menaces ne pouvaient qu'envenimer la
discussion , et Georges avait résolu d'essayer de tous les moyens pour recouvrer sa
liberté. Il resta donc dans sa chambre , et il
y fut traité comme par le passé. Les faux billets se fabriquaient sous ses yeux : en deux
jours, les bandits en tirèrent pour plus d'un
demi-million, dont la moitié fut portée à la
banque même qui les reçut sans difficulté et
donna des espèces en échange. Les brigands
étaient dans l'enivrement de la joie, et leur
chef eut la singulière probité de remettre à
Georges le tiers de chaque somme qui lui
était apportée. Valmer le recevait afin de ne
pas éveiller de nouveaux soupçons, et il attendait avec impatience que les futurs seigneurs allemands se trouvassent assez riches pour se mettre en route, espérant que
le jour de leur départ serait aussi celui de
sa délivrance. L'audace de ces misérables le
faisait trembler , et il formait bien sincère-

ment des vœux pour leur salut auquel le
sien était attaché.

Enfin, un matin, en s'éveillant, Valmer se
trouva seul dans sa chambre, ce qui n'arrivait jamais ; il se leva, et fit la remarque que
le reste des billets fabriqués, et tout ce qui
avait servi à cette contrefaçon criminelle,
avait disparu. Il court à la porte; elle était
aussi soigneusement fermée que de coutume.
Les fenêtres donnaient sur une cour déserte,
et, alors qu'il eût été possible de rompre les
barreaux dont elles étaient garnies, il eût
fallu, pour arriver dans la rue, descendre
d'une hauteur de plus de cinquante pieds,
et escalader ensuite un mur qui n'en avait
pas moins de trente. Georges attendit assez
patiemment jusqu'à midi; mais alors ses
craintes commencèrent à devenir plus vives.
Le reste de la journée se passa sans que personne parût; et le prisonnier, qui n'avait
pour toutes provisions qu'un reste de pain

et quelques bouteilles de vin, se coucha
sans avoir mangé.

Le lendemain, Georges fit des efforts in-
croyables pour ouvrir la porte; mais elle
était garnie en dehors de larges barres de
fer et d'énormes verroux qui n'eussent pas
cédé à des forces vingt fois plus considérables. Ce jour-là, Georges mangea le pain
qui lui restait, et but une partie de son
vin. Trois autres jours s'écoulèrent; le peu
de vivres du malheureux prisonnier étaient
épuisées; sa faiblesse et son désespoir aug-
mentaient à chaque instant.

— Suis-je donc destiné à mourir de faim
dans ce repaire? s'écria-t-il; ces scélérats
n'avaient-ils pas d'autres moyens pour s'assurer de mon silence?... Mais alors pourquoi
cet or qu'ils m'ont laissé?...

Le cinquième jour, Valmer se sentit ex-

trêmement faible; une soif ardente le dévorait, et il ne possédait pas une goutte d'eau.

— O mon Dieu! il faut donc mourir de
cette horrible mort! disait-il en levant les
mains vers le ciel; mourir sans embrasser
ma mère, sans presser Justine sur mon
cœur!...

Puis il devenait furieux, se tordait les
bras et se frappait la tête contre les murailles. Le délire succéda au désespoir :
l'infortuné souffrait moins; il était étendu
sur le parquet, et il lui semblait être molle-
ment balancé sur les flots, dans une barque
qui l'emportait vers un rivage où il voyait
des arbres chargés de fruits délicieux.

Cependant l'inquiétude de Justine et de
madame Valmer augmentait à chaque instant. Un soir qu'elles s'entretenaient de l'inexplicable disparition de Georges, elles
entendirent frapper à la porte de leur ap-

partement, et furent d'autant plus surprises
qu'elles ne recevaient ordinairement personne à cette heure.

— Si c'était lui ! s'écria Justine.

Elle prit un flambeau, courut ouvrir, et
ne put retenir un cri d'effroi en reconnaissant le père Guibard.

— Toujours la même, dit le vieux forçat
en entrant ; vous savez pourtant bien, mon
enfant, que je ne suis pas aussi diable qu'on
me fait noir, et....

— Vous venez nous demander la somme
que nous vous devons interrompit Justine ;
je vais vous la remettre.

— Moi?... Je viens tout bonnement demander comment on se porte ici, et où en
sont les affaires. Pour ce qui est de l'argent,
faites-moi l'amitié, une fois pour toutes, de

vouloir bien vous taire sur cet article-là. Je suis arrivé à Paris hier soir ; ce matin, en levant le nez en l'air pour voir quel temps il faisait, je vous aperçois à cette fenêtre ; et je remarque que vous paraissez triste comme un *simple au clou* (personne honnête en prison). Alors je me dis qu'il y a anguille sous roche, et je viens vous demander de quoi il retourne : vous n'ignorez pas que je suis là pour le conseil et l'exécution... Ah ça ! mais où est donc Georges ?

— Son absence est justement le sujet de nos alarmes.

Et Justine , que l'aspect du vieux forçat avait effrayée , se réjouissait maintenant de sa présence, en songeant que la vieille expérience de cet homme lui serait d'un grand secours pour découvrir les traces de Valmer. Elle raconta donc à Guibard tout ce qui leur était arrivé depuis leur fuite de Lyon. Le vieux renard l'écouta attentivement, se fit répéter certaines particularités, et réfléchit assez longuement; mais sa perspicacité se trouva en défaut.

Je ne peux pas mettre le doigt dessus aujourd'hui, dit-il; tout ce qui me paraît clair là-dedans, c'est qu'il s'agissait d'une expédition secrète, et que Georges en était: il a eu tort; ça ne vaut rien quand on commence si tard.

— Ne l'outragez pas! car Georges est pur de toute souillure.

— Nous y voilà! Toujours des mots à la place des choses.... Voulez-vous que je vous prouve qu'un vieillard qui a toujours été honnête homme, deviendra un....Bah! J'ai bien le temps de m'amuser à toutes ces fariboles.... Et puis, je ne me prononce pas; il y a expédition et expédition....Depuis deux jours que je suis à Paris, je n'ai pas encore été en reconnaissance; mais je vais me mettre en campagne ce soir même, et à moins que le gaillard ne soit aux antipodes, j'en aurai des nouvelles demain.

— Oh! mon bon monsieur Guibard, quel service vous allez nous rendre! Comment apprécier....

— Comment? en me laissant faire à ma manière. Moi, mon enfant, je ne peux pas m'habituer à voir le monde par le trou d'une serrure; j'ai le malheur de le voir tel qu'il est, et de le prendre pour ce qu'il vaut. A demain.

Justine et madame Valmer passèrent une nuit plus calme que les précédentes, depuis la disparition de Georges. Justine surtout, qui savait tout ce dont était capable le vieux forçat, comptait beaucoup sur lui.

Guibard tint parole; au point du jour, il frappait à la porte de l'orpheline, celle-ci se leva à la hâte ainsi que madame Valmer, et à peine ce singulier personnage fut-il entré qu'un déluge de questions vint l'assaillir.

— Doucement! doucement, dit-il; diable! comme vous y allez! Croyez-vous donc qu'on fait tant de chemin en une nuit?.... Ne m'avez-vous pas dit que Georges est devenu un habile graveur?

— L'un des plus habiles de Paris.

— Tant pis pour lui.

— Pourquoi cela ?

— Parce que, depuis que l'habile graveur a disparu, Paris fourmille de faux billets de banque.

— Grand Dieu!....Mais non, non, c'est impossible; Georges n'a pas pu se rendre coupable d'un pareil crime.

— Ta, ta, ta, ta! vous voilà partie. Eh bien! je vous dis, moi, que Georges a passé par là... de bonne volonté ou de force.... Mais ne vous effarouchez pas tant, il n'y en a pas un de pris.

— Mais Georges nous aurait donc abandonnées?.... Qui l'empêchait de nous écrire, de venir même?.... Non, cela n'explique pas sa disparition.

— C'est pourtant là mon enfant ce qui va m'aider à le retrouver, et ça, pas plus tard qu'aujourd'hui, s'il est encore à Paris.

— Ne perdez donc pas un instant, je vous en conjure, mon cher monsieur Guibard..... O! mon Dieu! aujourd'hui! nous le reverrions donc aujourd'hui!....

Le vieux forçat sortit et se mit de nouveau à la recherche; il n'avait aucune indication sur le lieu où les billets avaient été fabri-

qués; mais il avait appris qu'un de ses amis
s'était chargé de l'émission d'une grande
partie, et il se rendit chez lui dans l'espoir
d'en obtenir les renseignemens qui lui
étaient nécessaires.

CHAPITRE SEPTIÈME.

VII.

DÉCOUVERTE.

— Entre nous, dit Guibard à son vieux camarade, on peut parler sans faire la petite bouche : Le soleil luit pour tout le monde, et ce qui a réussi une fois peut réussir une autre ; tu as eu du bonheur, j'en puis avoir ;

et à cette heure que tu peux te passer de travailler, ce n'est pas une raison pour casser tes outils....

— Qu'est-ce que tu rabâches. donc là, vieux renard? Est-ce que tu t'amuserais maintenant à faire bouillir la marmite de la rue de Jérusalem?

— Imbécile! si je mangeais de ce pain-là, il y a plus de quinze jours que vous seriez tous *emballés*. J'en sais plus long que tu ne le penses : le graveur n'a rien fait volontairement, et, depuis huit jours que tout est achevé, il n'a pas reparu chez lui.... Il faut que je le retrouve ou que le bourreau ait votre tête à chacun, quand je devrais lui donner la mienne par-dessus le marché.

— Et-tu fou ou enragé?

— Vous savez tous de quel bois je me

chauffe, et vous ferez bien de ne pas vous y frotter. Voulez-vous la paix ou la guerre?

—Allons, voyons, on a eu tort de t'oublier, j'en conviens; mais on ne savait pas où tu étais ; heureusement il y a du remède. Combien te faut-il?

— Il me faut le graveur.

— Eh! où diable veux-tu que j'aille le pêcher? Les amis sont en route pour l'Amérique; il a sans doute pris le même chemin. Voilà ce que je puis t'assurer. Quant à moi, je ne l'ai jamais vu, parole d'honneur : je sais seulement que c'était un dur à cuire, un mauvais coucheur, à qui il fallait tenir la pointe au corps.

— Je sais, moi, qu'il n'est pas parti.... Ah! si on l'avait mis à l'ombre.... Dans ce cas-là j'irais le chercher jusque dans le royaume de Lucifer. Tu sais au moins où l'affaire s'est faite?

— Oui; mais je sais aussi qu'il n'y a plus rien : on achevait d'emporter le reste des outils pour aller les jeter à la rivière, lorsque la vedette, à tort ou à raison, a donné l'alarme; les amis ont filé, ils sont venus chez moi pour régler les comptes, et la nuit suivante ils se sont mis en route pour le Nouveau-Monde.

Ce fut un trait de lumière pour le vieux bandit. Ils tenaient Georges en charte privée; mais, obligés de fuir précipitamment, avaient-ils songé au malheureux graveur?

— Tu vas me conduire dans cette maison, dit brusquement Guibard, et de suite. Allons, marche!

— Je n'en ai pas les clefs.

— Des clefs! belle niaiserie! je m'en passerai.

L'audace et la résolution du forçat étaient connues des voleurs de profession : on savait qu'il avait une volonté de fer, et qu'il était capable d'exécuter tous ses projets. Il fut donc conduit immédiatement à la porte d'une maison isolée, du quartier Saint-Jacques, à quelque distance de l'Observatoire.

— C'est ici, lui dit son guide. Guibard tira de ses poches plusieurs trousseaux de clefs et de crochets, et en quelques secondes la porte principale fut ouverte.

— Va-t'en maintenant, dit-il à l'homme qui l'avait conduit; le reste me regarde.

— Il entra seul, traversa la cour déserte et entourée de hautes murailles dont nous avons parlé, et pénétra dans le corps de logis. Il ne trouva au rez-de-chaussée que

9.

quelques mauvaises chaises, une tablé ver-
moulue, des bouteilles vídes, et des débris
de vaisselle. Le plus profond silence régnait
autour de lui; il appela Georges à plusieurs
reprises, mais toujours inutilement. Il monta
alors au premier étage, qu'il trouva à peu
près aussi bien garni que le rez-de-chaussée, et dont il visita toutes les pièces sans
plus de succès. Il fit de nouveau retentir la
maison en appelant Georges de toute la force
de ses poumons; mais le silence seul succéda à ses cris.

— Ça va mal, se disait-il : j'ai grand'peur
que le pauvre garçon n'ait plus besoin de
rien.

Il monta cependant au deuxième étage,
qui était le dernier, et, arrivé à la porte de
la pièce principale, il fut surpris des précautions avec lesquelles on l'avait fermée;
une énorme serrure, quatre solides verroux
et deux barres de fer la garnissaient.

Oh! oh! se dit-il, on ne ferme pas avec tant de soin une cage vide.

Et il appela encore, mais sans plus de succès que précédemment. Cela ne l'empêcha pas de faire jouer les verroux, et d'enlever les extrémités des barres des tenons où elles étaient engagées ; mais, lorsqu'il en vint à la serrure, les difficultés furent plus grandes : les fausses clefs étaient trop petites, ses crochets trop faibles, et il eût fallu un temps considérable pour ôter les vis, alors même qu'il eût eu sous la main les outils nécessaires. Il saisit l'une des barres de fer, avec laquelle il frappa à coups redoublés sur la serrure : elle céda enfin ; Guibard entra, et le premier objet qui frappa ses regards fut le malheureux Georges, étendu sur le carreau au milieu de la chambre, et ne donnant plus signe de vie. Il courut à lui, le releva le porta sur le lit, et lui ôta ses vêtemens pour voir s'il avait quelque blessure.

— Je m'en doutais, se dit-il; les coquins
l'ont laissé mourir de faim!.... Nom de Dieu!
il y a long-temps que je suis nourri dans le
sérail; j'en connais les détours, et je n'ai pas
un poignard pour enfiler des perles; mais
sacrebleu! je ne suis pas une bête fauve, je
ne tue pas pour le plaisir de tuer.... Un si
brave garçon!... ça serait capable de dégouter
du métier, s'il était possible de faire autre
chose quand on est organisé comme moi....

Pendant ce monologue, le vieux galérien
ne négligeait rien pour rappeler Georges à
la vie; il lui frotta les tempes et les narines
avec du vinaigre concentré, dont il était
toujours muni, et il finit par reconnaître
que les battemens du cœur n'avaient pas
entièrement cessé. Se rappelant alors qu'il
avait vu des bouteilles au rez-de-chaussée,
et espérant qu'il s'en trouverait au moins
une que les bandits auraient oublié de vider,
il descendit précipitamment, et remonta

presque aussitôt, apportant de l'eau et un peu
de vin. Georges avait ouvert les yeux ; il reconnut Guibard ; mais il n'avait que des souvenirs confus des derniers événemens dont
sa mort avait failli être la suite. Le vieux
évadé lui fit avaler quelques gouttes de vin
et d'eau ; il renouvela la dose en l'augmen-
tant de temps en temps ; mais il se garda bien
de céder aux instances du jeune homme, qui
le suppliait de lui abandonner la bouteille, afin
qu'il étanchât la soif qui le dévorait, car il
avait de l'expérience, ayant été appelé à être
quelque temps infirmier au bagne.

— Je sais ce que c'est, mon garçon, lui
dit-il, et je ne veux pas te faire mourir : or
la moitié de ce vin que tu demandes suffi-
rait maintenant pour achever l'ouvrage de
ces animaux sans entrailles que tu as faits
millionnaires, et qui te laissaient crever de
faim pour t'en récompenser....

— Mon brave Guibard, je n'oublie pas

que c'est pour la troisième fois que vous me
sauvez la vie!....

— Tu choisis bien ton temps pour parler
de ça!.... Voyons, es-tu capable de marcher
en t'appuyant sur mon bras?

— Je ne sais trop; essayons.

Ce ne fut pas sans être obligé de faire de
grands efforts que le pauvre garçon parvint
à se lever; mais à peine eut-il posé les pieds
sur le parquet, qu'il lui fut impossible de se
soutenir.

— Voilà le diable! dit Guibard. Si Paris
n'était pas parcouru en tous sens par une
meute d'imbéciles, hurlant à tort et à travers
et montrant les dents à tout ce qui lui paraît
nouveau, je te prendrais sur mes épaules,
et dans dix minutes tout serait dit; mais il
n'en faudrait pas davantage pour nous faire
regarder, suivre, étouffer par ces sauvages

de la civilisation qu'on nomme *peuple*, et que j'appelle *matière*; non pas matière inerte, mais matière malfaisante; car, vois-tu, Georges, lorsque ces gens dont tu fais cas brisent les vitres, ce n'est pas pour avoir des vitres, mais seulement pour empêcher que d'autres en aient.

— Oh! par ma foi, mon père Guibard, dit Georges, qui ne put s'empêcher de sourire malgré son état de souffrance, voilà de l'aristocratie toute pure, et la caste privilégiée ne comptait sûrement pas sur un avocat de votre sorte.

— Il n'y a pas de caste qui tienne, mon garçon : je conçois la puissance d'un côté, l'impuissance de l'autre, et l'égoïsme partout; mais je ne comprendrai jamais l'amour du mal pur et simple sans aucun profit, et il faut pourtant bien reconnaître qu'il y a des êtres assez malheureusement organisés pour

ne se trouver heureux que lorsque tout ce
qui les entoure souffre.... Au diable! voilà
que je raisonne comme si nous n'avions plus
qu'à nous tenir le chef bien couvert et les
pieds chauds! Sois sans inquiétude, et attends-
moi; je ne demande qu'un petit quart d'heure
pour trouver ce qu'il nous faut.

Il sortit, et reparut bientôt.

—Allons, Georges, il y a à la porte un
modeste sapin qui nous attend : du courage,
raidis-toi ferme sur la chanterelle....

Valmer prit le bras du vieux forçat, qu'il
ne pouvait plus voir désormais que comme
son libérateur envoyé du ciel! Tous deux montèrent en voiture, et quelque temps après
ils étaient entre Justine et madame Valmer.

—Doucement, doucement donc! disait
Guibard; je ne l'ai pas amené ici pour qu'on
achevât de le tuer.... Nom de Dieu! ne le

serrez pas si fort, si vous ne voulez que je
me fâche....

— Georges! mon frère!....

— Mon fils bien-aimé!....

— Ma chère Justine, ma bonne mère!

— Que le diable les emporte! marmottait
l'évadé du bagne; ces gens-là n'auront jamais
le sens commun.

La raison ne tarda pourtant pas à l'emporter sur le sentiment; Georges était si
pâle et si faible, il parlait si difficilement,
que madame Valmer et Justine, effrayées
tout-à-coup du danger qui se manifestait et
qu'elles n'avaient pas soupçonné, se mon-
trèrent dociles à la voix de Guibard, qui,
pour la centième fois, leur répétait que
Georges avait plus besoin de repos et de
soins que de questions et de baisers. Le

jeune homme fut mis au lit; le galérien s'é-
tablit à son chevet, déclarant qu'il ne le
quitterait qu'après guérison complète, attendu qu'il avait eu plusieurs fois l'occasion
de lutter contre cette maladie, dont il con-
naissait toutes les phases et tous les remè-
des mieux que le plus savant docteur.

— En vérité, brave Guibard, dit Georges, vous êtes un homme singulier; tout se
retrouve en vous ; les extrêmes se touchent
dans votre âme : le mal et le bien se heurtent
à chacune de vos actions; vous êtes indéfinissable, un assemblage de tous les contrastes,

— En vrai français, mon garçon, cela
veut dire que je suis un homme... Mon Dieu
je ne m'en défends pas, quoique pourtant
il n'y ait pas de quoi.

— Votre vie doit être quelque chose de
bien extraordinaire.

— Ma vie? c'est tout simplement une phrase de l'histoire de l'espèce humaine : si ce n'en est pas la meilleure, c'en est bien certainement la moins sotte; car il y a long-temps que j'ai reconnu la corélation des actions humaines. Ainsi je sais que le mal n'est pas une chose, c'est tout simplement l'absence du bien à un degré plus ou moins éloigné, comme le froid est l'absence du calorique. Ainsi les gens qui vous paraissent si criminels sont tout simplement les habi-tans de la Sibérie morale; votre cœur est chaud, le leur est glacé : quand le thermo-mètre est à dix degrés au-dessous de zéro, vous gelez et eux se réchauffent.... Et puis venez donc me vanter la sagesse de ces lé-gislateurs qui veulent que des tempéramens moraux si divers obéissent à une seule et même loi!... Autant vaudrait décréter que le feu et l'eau seront désormais composés des mêmes élémens, et seront tenus de vivre en bonne intelligence.

— Dans tout ce que vous dites, répliqua Georges, j'aperçois un mal et je ne vois point de remède.

— Vraiment, sur ce point, mon garçon, je n'en sais pas plus que toi, et c'est pour cela que j'ai horreur de ces faux docteurs qui, au risque de nous tuer, nous bâclent des ordonnances à tort et à travers sous le prétexte de nous guérir.... Eh! imbéciles, guérissez-vous vous-mêmes; fouillez votre cœur, si vous en avez un; sondez ses plaies, et rendez-vous justice; n'injuriez pas votre frère parce que, marchant du même pas que vous sur le grand chemin de l'existence, il dévie à droite alors que vous déviez à gauche.

— Tout cela, mon vieil ami, reprit Georges, ne peut que me faire désirer plus vivement d'entendre le récit de vos aventures, et je suis sûr que ma bonne mère et ma chère Justine l'entendraient aussi avec le plus grand plaisir.

— Ma foi, mes enfans, ce n'est pas que ça en vaille la peine; mais il m'est si facile de vous satisfaire, que j'aurais mauvaise grâce à vous refuser. Seulement, je vous prie de me donner mes coudées franches, c'est-à-dire de ne pas vous effaroucher pour quelques expressions un peu vives; car vous devez comprendre que je ne puis pas être un historien à l'eau de rose, et, lorsque la fange se trouvera sous mes pas, ce qui n'arrivera que trop souvent, je ne veux pas avoir l'air de marcher sur un tapis de Turquie.

— Précisément, mon bon Guibard; c'est la vérité que je vous demande, car

Rien n'est beau que le vrai; le vrai seul est aimable.

— Encore une belle baliverne que tu nous contes là !

— C'est Boileau qui l'a écrit.

—Ton Boileau était un âne qui ne se doutait pas que ce qu'il trouvait détestable pouvait plaire aux quatre cinquièmes du genre humain, *et vice versâ*.... Quelle rage avez-vous donc, vous autres, de voir toujours par les yeux d'un aveugle, d'entendre par les oreilles d'un sourd, plutôt que de vous en rapporter à vos yeux et à vos oreilles?... Celui-ci a dit que *le vrai est aimable*, moi je dis que *le vrai est hideux* : il appuie son opinion sur des paroles, j'appuierai la mienne sur des faits, et vous jugerez lequel de nous deux mérite créance.... Mais, encore une fois, il me faut les coudées franches; je veux avoir le droit d'appeler les choses par leur nom. S'il ne fallait que faire des citations, je pourrais bien aussi avoir mon tour, et

« Qui sait, quand le *destin* nous frappe de ses coup,
Si le plus grand des maux n'est pas un bien pour nous ? »

Combien de gens seraient morts dans la misère et inaperçus s'ils avaient toujours suivi le *droit fil*. Encore une fois tout est bien.

Ces paroles étaient bien plus propres à exciter la curiosité de Georges qu'à l'amortir ; Justine et madame Valmer n'étaient pas moins impatientes d'entendre le récit de cet homme extraordinaire.

Guibard, après s'être recueilli quelques instans, commença ainsi :

CHAPITRE HUITIÈME.

10.

VIII.

CONFESSIONS.

TEL que vous me voyez, je suis un cadet de bonne maison, c'est-à-dire un pauvre diable condamné à se nourrir des miettes tombées de la table de son aîné; car en ce temps-là c'était un grand tort que d'être venu au

monde quelques jours plus tard que son
frère.... Eh! mes enfans, il ne faut pas froncer
le sourcil pour cela : est-ce que vous ne voyez
pas tous les jours des choses qui heurtent
plus directement le sens commun? Qu'est-
ce donc, je vous prie, qu'un prince qui devient roi parce que son père était roi, à
l'exclusion des princes, ses frères issus de la
même souche? Pourquoi diable un homme
héritera-t-il plutôt de François-Pierre que de
François-Jean ? C'est que celui-ci n'est que
son oncle, tandis que celui-là est son père...
Oh! la bonne raison! admirable législation
à faire pouffer de rire les femmes et les
hommes qui les connaissent bien!.. .

Vous trouvez que la loi avait tort, l'événement prouva qu'elle avait raison; car mon
frère était un idiot, incapable de comprendre
que deux et deux font quatre, et qui, par
conséquent, était tout justement bon à faire
un vicomte et à manger trente mille francs

de revenu. Quant à moi, on me mit au collége, où quelques cuistres, pour qui l'univers ne s'étendait pas à deux cents pas de
leur bouge, se mirent à me bourrer de grec
et de latin, comme si j'avais dû passer ma
vie à Athènes ou à Rome au temps de Péri-
clès ou de Jules César. Le latin m'assommait,
le grec me faisait mourir d'ennui; en conséquence, on décréta un beau jour que j'étais
un élève accompli, auquel il ne manquait
plus que la philosophie; et l'on se mit à
m'apprendre cette belle science comme on
m'avait enseigné le grec et le latin; c'est-à-
dire que je fus condamné à entendre, deux
fois par jour, un homme, affublé d'une robe
noire et monté dans une chaire, débiter une
certaine quantité de platitudes capables de
faire lever le cœur à des apprentis maçons.
Qu'importe! il fallait que je fusse abbé, et
c'était ainsi qu'on le devenait.... Je ne fis
qu'un saut du collége au séminaire, où j'appris, entre autres belles choses, l'art de men-

tir à Dieu et aux hommes. Deux ans après,
j'étais un hypocrite accompli ; j'avais des
passions ardentes, le désir et la volonté de
les satisfaire, et tous les signes extérieurs de
la modestie et de la dévotion. On m'admirait,
et, en vérité, ce n'était pas sans raison ; car
j'étais l'un de ceux qui avaient le mieux profité des leçons et de l'exemple des saints
personnages chargés de nous initier aux
mystères sacrés qui devaient nous faire vivre
aux dépens des sots. Rien ne me manquait
quand je sortis de là. Le jour même où je
chantai ma première messe je devins amoureux fou de la plus jolie femme que j'eusse
encore vue. Afin d'avoir plus souvent l'occasion de me tourner vers les assistans et de
voir les beaux yeux de la charmante dévote
se lever vers moi, et se baisser ensuite lentement sur son livre, je multipliais les *domi-
nus vobis cum;* le sacristain qui m'assistait
m'avertit charitablement que je me trompais ;
je l'envoyai au diable, et j'achevai d'avaler le

bon Dieu en cherchant le moyen de lier connaissance avec la jeune femme qui me troublait le cerveau.

La cérémonie terminée, je me rendis à la sacristie d'un pas peut-être un peu trop leste au gré des pieuses gens qui m'environnaient; en un tour de main, je me débarrassai du surplis, de l'aube et de l'étole, et j'arrivai à la porte de l'église au moment où la jolie personne montait en voiture : je reconnus la livrée du marquis de Ravelli; la femme dont j'étais amoureux était la marquise elle-même.

Mon père était mort; mon frère le baron mangeait noblement une fortune qui avait été considérable. C'était un assez bon diable que mon frère; il avait tout juste assez d'esprit pour croire à la probité des hommes et à la vertu des femmes; je savais cela, et cependant je résolus de me servir de lui pour arriver au but que je brûlais d'atteindre.

— Tu connais le marquis de Ravelli? lui
demandai-je.

— Oui.

— Tu vas chez lui?

— Quelquefois.

— Que penses-tu de sa femme?

— Que veux-tu que j'en pense? elle n'est
mariée que depuis deux mois, et je n'ai eu
occasion de la voir qu'une fois.

— Tu l'as vue, et tu n'a pas admiré sa figure divine? le feu de ses yeux ne t'a pas
brûlé? ses grâces, le délicieux abandon de
ses mouvemens, tous ses charmes réunis enfin n'ont pas fait battre ton cœur plus fort
que de coutume?

— Quel langage, Adrien! quoi, mon frère,
malgré le saint caractère dont tu es revêtu....

— Baron je suis, avant tout, revêtu d'une peau d'homme; c'est un cœur d'homme qui bat dans ma poitrine. Il est bien que les sots me croient pétri d'un autre limon que les autres; je consens à être un ange à leurs yeux, et je m'arrange en conséquence; mais à quoi me servirait-il de te tromper? je veux, au contraire, que tu me connaisses, afin que tu puisses me servir en conséquence. Il faut que tu parles de moi à la marquise, qu'elle sache que je l'adore, et qu'il faut que je la possède ou que je meure....

— Est-ce bien à moi que tu oses faire une pareille proposition?....

— Je ne te propose pas, je t'ordonne; ce n'est pas de l'obligeance que je quête, c'est de l'obéissance que je veux. Il faut que la marquise soit à moi, voilà le but, et les moyens ne me manqueront pas; et, si le marquis devient un obstacle trop grand, dans deux jours il ira rejoindre ses ancêtres ; s'il me faut de l'or, j'en trouverai : ne suis-pas ton unique héritier ?

—Tu n'es plus mon frère, tu es un monstre !

—Eh ! non mon ami, je ne suis pas un monstre, mais tout simplement un animal raisonnable qui ai des appétits à satisfaire.

—Adrien ! s'écria-t-il en pâlissant et serrant les poings, sais-tu ce que l'on fait d'un chien enragé ?

—Oui ; mais je sais aussi qu'on n'étouffe pas un chien enragé en soutane.

—Retire-toi, infâme !

—Ainsi tu refuses de me servir ?

— Je veux te rendre le service de te faire

mettre aux Petites-Maisons, avec les fous furieux.

—Baron, tu n'es qu'un sot!

Mon frère était hors de lui; la fureur l'empêchait de parler : il mit la main sur la garde de son épée. Je m'élançai sur lui et le désarmai ; s'étant dégagé, il saisit un meuble, se précipite sur moi ; je m'étais mis en garde ; l'épée lui passa au travers du corps.... Vous pâlissez, mes enfans ; je n'irai pas plus loin si vous le voulez. Sacredieu! je ne vous ai pas vendu chat en poche ; ce n'est pas la vie d'une vierge que j'ai entrepris de vous raconter, et je vous prie de croire que ce n'est pas moi qui ai inventé l'espèce humaine.

— Continuez, Guibard, nous vous écoutons, dit Georges.

Justine et madame Valmer ne prononcè-

rent pas un mot; mais il était aisé de voir
qu'elles désiraient vivement entendre la suite
de ces singulières confessions. Guibard reprit
donc :

Je sortis de chez le baron en disant aux
domestiques que j'avais trouvé leur maître
bien malade; que je le croyais atteint d'une
fièvre cérébrale, et qu'il était nécessaire de
le mettre au lit et de le garder à vue, attendu
qu'il parlait sans cesse de se tuer. Ils se hâ-
tèrent d'aller secourir le baron, et ils le trouvèrent comme je l'avais laissé , c'est-à-dire
étendu sur le ventre; la garde de l'épée appuyée sur le parquet, et la pointe sortant par le
milieu du dos. Le bruit se répandit aussitôt
que le baron de la Guibardière s'était suicidé;
j'accourus alors; je fis faire au défunt de
somptueuses funérailles, et je me trouvai
possesseur de vingt mille francs de rente.
Je mourais d'envie dès lors de jeter le froc
aux orties; mais cela, loin de servir mes

projets, en eût rendu l'exécution plus difficile. Je restai donc abbé; mais cela ne m'empêcha pas de me lancer dans le monde. Je me liai avec le marquis de Ravelli; c'était un homme de quarante ans, qui paraissait en avoir soixante; il logeait dans un corps usé un esprit fort pauvre. C'était un de ces libertins qui prennent une jeune femme pour réchauffer leur vieillesse; de ces gens qui parlent à tout propos de leur honneur, qui sont en paix avec ce qu'ils appellent leur conscience, et qui attachent sans scrupule le chef-d'œuvre de la création à un cadavre.

Je voyais la marquise tous les jours; je passais près d'elle des heures entières, et cependant mes affaires n'allaient pas vite; après m'être montré respectueux et empressé, j'avais jugé convenable de montrer la plus grande réserve, et la religion devint bientôt l'unique sujet de mes longs entretiens avec

cette séduisante femme : je jetais de secrètes
terreurs dans son âme, afin d'avoir ensuite
à la rassurer; je l'amenais quelquefois au
doute pour lui rendre ensuite toute sa foi.
j'essayais ainsi mes forces , et j'habituais la
jeune marquise à n'avoir d'autre opinion
que la mienne, et à croire en quelque sorte
à mon infaillibilité. Cette marche était lente,
mais sûre.

Madame de Ravelli avait un directeur;
je m'étais fait l'ami de cet homme, que la
fortune n'avait pas traité en enfant gâté. Dès
que je crus le terrain convenablement préparé, j'allai trouver ce directeur.

— Mon cher confrère, lui dis-je, il faut
absolument que vous renonciez à diriger la
belle marquise dans la voie du salut.

— Que voulez-vous dire ?

— Je veux être à mon tour le directeur de

madame de Ravelli. Je sais que vous avez plus d'une raison pour tenir à la direction de cette conscience; mais, si vous êtes pauvre, je suis riche, et nous pouvons nous entendre. J'ai deux mille écus à votre disposition, à condition que vous y renoncerez, et que vous amènerez la marquise à me choisir pour vous succéder.

— Y pensez-vous, monsieur? me croyez-vous capable...?

— Oh! mon cher ami, ne faisons pas de phrases, je vous en prie : vous savez qu'à Rome deux augures ne pouvaient se regarder sans rire.

— Quelle horrible impiété!

— Allons donc!... Je vous offre mon amitié et deux mille écus : c'est quelque chose que l'amitié d'un homme qui a vingt mille francs de revenu. Si vous refusez, dans deux jours

je vous fais chasser ignominieusement de l'hôtel du marquis, j'obtiens votre interdiction,
et je vous mets sur la paille.

— Vous voulez éprouver ma foi....

— Imbécile! il s'agit bien de ta foi! je
veux que tu me vendes la marquise, et que tu
me la livres; cela est-il clair?

Il lui fut impossible de répliquer; le pauvre
homme ne savait où il en était.

— Au fait, dit-il après avoir longuement
réfléchi, la chose n'est pas aussi répréhen-
sible que je l'imaginais d'abord. Je suis bien
le maître de ne plus prêter le secours de mes
lumières à madame de Ravelli, et les canons
de la sainte église ne s'opposent pas à ce que
je me choisisse un successeur. De votre
côté, vous êtes libre de disposer de votre
fortune, et vous ne sauriez bien certainement
l'employer d'une manière plus agréable à

Dieu qu'en la faisant servir au soulagement
de l'un de ses plus fidèles serviteurs.

Et, après avoir fait ce beau raisonnement,
ce saint homme me vendit la brebis dont
la garde lui avait été confiée.

Deux jours après je confessais la marquise,
dont la foi semblait inébranlable, et trois
mois s'étaient à peine écoulés, qu'elle était
ma maîtresse et ne croyait plus à rien......
Mais, sacredieu! mes enfans, j'ai le gosier sec
comme le cœur d'une vieille fille, et je sens
la faim qui me talonne : est-ce que vous ne
dînez pas, vous autres?

Justine et madame Valmer se regardèrent;
elles ne se sentaient pas le courage de se
mettre à table avec cet épouvantable convive.

— Est-ce que les eaux sont basses? reprit
Guibard, qui attribuait cette hésitation au

défaut d'argent : il fallait donc le dire de
suite : est-ce que l'on se gêne entre amis?

Et il jeta sur la table une bourse bien
garnie.

— Entre amis! se disait Justine avec effroi;
nous sommes les amis de cet homme qui a
commencé sa vie criminelle par tuer son
frère et renier Dieu!.... Mais trois fois il a
sauvé Georges ; et ne m'a-t-il pas arrachée
moi-même à l'horrible supplice qui m'était
destiné chez Juliette?

— Prenez, mon enfant, ne vous faites pas
faute, dit le vieux forçat en desserrant les
cordons de sa bourse : quand il n'y en aura
plus, il y en aura encore; la Providence est
grande.

Ce mot de Providence était horrible dans
la bouche de cet homme qui venait de parler
avec un si grand mépris des choses les plus

saintes. Sa Providence, à lui, n'était-ce pas le poignard? cette pensée faisait bondir le cœur.

—Grâce au ciel, dit enfin Justine, nous ne manquons de rien.

Elle dressa le couvert en s'efforçant de s'étourdir, mais elle n'y réussit qu'imparfaitement; car il lui fut impossible de manger, et elle s'occupa de Georges tant que le repas dura. Guibard mangea comme un ogre, et but trois bouteilles de vin; après quoi il offrit de continuer le récit de son histoire, et, l'auditoire ayant accepté la proposition avec empressement, le vieux forçat reprit ainsi:

CHAPITRE NEUVIÈME.

IX.

TRANSITION BRUSQUE.

Ma fortune allait le diable en descendant;
la marquise avait des fantaisies à ruiner un
prince, et le marquis était avare comme un
juif. Pour comble, cet animal s'avisa de devenir jaloux, et je ne tardai pas à lui faire

ombrage. Il signifia à sa femme qu'il entendait que le directeur fût congédié. La marquise résista; le mari s'emporta, et finit par
me défendre lui-même de reparaître à l'hôtel. Je lui ris au nez, il devint furieux, et
s'oublia jusqu'à lever la main sur moi; je le
prévins, et d'un soufflet je l'étendis sur le
parquet. C'est que j'étais alors plus solide
qu'aujourd'hui , bien que je sois encore
assez fort.

—Rendez grâce à votre habit, dit le marquis en se relevant; car, si vous en portiez
un autre, il me faudrait tout votre sang
pour laver cet outrage.

— L'habit ne fait pas le moine, répondis-je, et, si vous voulez essayer de vous satisfaire, je vais aller vous attendre sous les
tilleuls, à l'extrémité de votre jardin.

— Des témoins?

— Je n'en veux ni pour vous ni pour
moi : apportez des armes, cela suffira.

Le champion ne se fit pas long-temps attendre ; il jeta à mes pieds l'une des deux
épées qu'il apportait ; je la ramassai, et nous
commençâmes à ferrailler. Je reconnus
promptement la supériorité du marquis ; la
vigueur de mon poignet ne pouvait ba-
lancer l'avantage que lui donnait un long
et fréquent exercice. Déjà j'avais été touché
à deux reprises ; son fer avait glissé sur mes
côtes, et le sang coulait sur ma soutane. Je
recule, il avance, et je me trouve bientôt
adossé contre un mur où mon adversaire
va me clouer. Ce mur était à hauteur d'appui ; en étendant le bras gauche, je sens
une pierre qui roule sous ma main ; je la
saisis et je la lance à la tête du marquis
avec tant de bonheur et de violence, qu'il
tombe à la renverse. Je m'approche pour le
désarmer, c'était inutile : la pierre lui avait

brisé le crâne, il était mort. Dans tout cela
les règles observées en pareil cas n'avaient
pas été rigoureusement suivies; mais le résultat me parut satisfaisant, et c'est surtout
en cette matière qu'il faut considérer la fin.

Je courus aussitôt chez ma maîtresse.

— Madame, lui dis-je, votre mari n'est
plus et c'est moi qui l'ai tué. Dans une
heure je quitterai Paris.

— O ciel!... vous partez sans moi!

— Sans vous, s'il vous faut plus de vingt
minutes pour faire vos préparatifs. Dans
vingt minutes je serai aux Tuileries, près
du pont Tournant. Venez seule; point de
bagage; de l'or et des diamans autant que
possible.

Je courus chez moi; je quittai ma soutane,
je fis panser mes blessures, et je pris un ha-

bit de laïque, dans les poches duquel je fourrai tout l'or et tous les bijoux que je possédais; puis je sortis précipitamment; me jetai dans la première voiture de place que j'aperçus, et j'arrivai au rendez-vous en même temps que la marquise.

Nous emportions, en or et en bijoux, environ cinquante mille francs; il y avait là de quoi courir le monde pendant un certain temps; mais, ainsi que je vous le disais tout à l'heure, ma belle maîtresse avait des fantaisies à manger le revenu du royaume en six mois; j'étais incapable de lui rien refuser : elle était si jolie et si tendre! ses beaux yeux disaient si bien ce qu'elle voulait!... Les cinquante mille francs durèrent six semaines. J'écrivis à mon homme d'affaires; je lui envoyai une procuration en bonne forme, et j'en reçus quelques sommes; mais cela se dissipait comme des bulles de savon : j'avais à peine le temps de compter.

Cependant l'horizon politique s'obscurcissait, le numéraire devenait rare; il fallait que j'écrivisse dix lettres à mon chargé de pouvoirs pour en obtenir quelques misérables centaines de francs. La marquise commença par être triste, puis elle devint maussade. Pour comble, l'orage acheva d'éclater; le roi était prisonnier, les émigrés mis hors la loi. Je fus considéré comme émigré; mes biens furent confisqués et vendus au profit de la nation, et je me trouvai, en un instant, ruiné de fond en comble.

Ce malheur, en me plongeant dans les plus tristes réflexions, m'enleva le reste d'amour que j'avais pour la marquise. Je commençai à la regarder comme un meuble qui m'appartenait; je l'avais achetée gros, il me parut tout naturel d'en disposer à ma guise; je la vendis donc le plus cher posble à un colonel de dragons qui en était devenu éperdument amoureux.......

Justine, à ces mots, ne put se défendre d'un mouvement de dégoût ; le vieux forçat s'en aperçut.

— Mon enfant, lui dit-il, je ne suis pas de ces gens qui veulent servir de modèle au genre humain : je veux bien que l'on fasse autrement que moi, pourvu que l'on consente à me laisser faire autrement que d'autres. Veuillez donc m'écouter; ce ne sont pas des leçons que je donne, c'est mon histoire que je raconte.

Justine s'excusa en balbutiant, et Guibard, après s'être un moment reposé, continua :

— L'argent du colonel ne fit que paraître et disparaître; puis la misère vint, et le jour arriva où, de mes vingt mille francs de revenu, il ne me resta pas de quoi dîner. Heureusement, j'étais jeune et vigoureux;

je n'avais jamais connu la crainte, et l'on se
battait sur la frontière. Mon parti fut bientôt pris ; je m'engageai dans un régiment de
hussards. C'était bien ; mais ça ne pouvait
pas me plaire long-temps ; à peine eus-je
perdu ma liberté que j'en sentis tout le prix ;
je me repentis de l'avoir engagée si légèrement, et je finis par déserter d'une place
forte où mon régiment tenait garnison.
Quinze jours après je fus arrêté et conduit
en prison. Au nombre des personnages que
je rencontrai dans les limbes où j'entrais
pour la première fois, j'en remarquai un
vers lequel je me sentis naturellement en-
traîné : il y avait du sarcasme dans son regard ; tous les autres prisonniers semblaient
lui faire pitié. Je crus m'apercevoir qu'il me
regardait avec quelque attention ; j'en fus
presque flatté, et je m'efforçai de me montrer digne de la déférence qu'il me témoi-
gnait. Lorsque j'entrai dans cette prison, la
vie commençait à m'être insupportable à ce

point que j'avais pris la résolution de me
laisser fusiller sans réclamation ; mais
l'homme dont je vous parle ne tarda pas
à me faire changer d'avis.

— Mon brave camarade, me dit-il quand
je lui eus dit ce qui m'était arrivé, nous
sommes logés à la même enseigne, mais
nous ne sommes pas du même avis : on ne
meurt qu'une fois et le plus tard est le meilleur. Pour moi je ne mourrai que si je ne
peux pas faire autrement ; mais j'espère bien
que d'ici là il y aura encore de la marge.

— Et n'est-ce pas mourir mille fois que
de vivre misérable, sans liberté, sans argent?...

— La liberté, mon cher ami, est plus facile à recouvrer pour nous que vous ne l'imaginez, et des gens d'esprit qui sont libres
ne manquent jamais d'argent. Vous êtes
ruiné, je le suis aussi ; peu importe com-

ment cela s'est fait; il est certain que ce que
nous possédions est passé en d'autres mains;
et, comme rien n'est stable ici-bas, il ne
nous faudrait pas de grands efforts de génie
pour que ce que d'autres possèdent passât
dans les nôtres. Vous, c'est le gouvernement qui vous a dépouillé; moi, ce sont les
usuriers; je ne dis pas qu'ils aient eu tort,
et je pense que nous aurions raison de
prendre notre revanche. Nous n'avons plus
ce que nous avions; mais nous avons ce que
nous n'avions pas, c'est-à-dire de l'expérience, chose précieuse que l'on paie rarement trop cher.

Ce langage n'était pas de nature à effaroucher un homme de ma trempe; le raisonnement de mon compagnon de captivité me
parut extrêmement juste, et je lui déclarai
que je me sentais disposé à suivre ses conseils, ou plutôt à obéir à ses ordres, en raison de la supériorité que je lui reconnaissais.

— Il s'agit d'abord de sortir d'ici , dit-il, et cela ne présente pas de grandes difficultés : dans deux jours, vous serez conduit devant le conseil de guerre; le trajet d'ici au lieu où le conseil doit tenir ses séances n'est pas long ; mais vous aurez à parcourir quelques rues étroites, et vous m'avez l'air d'avoir le pied leste et le bras vigoureux. Vous sortirez de la ville, alors vous m'attendrez, vers le milieu de la nuit, à un quart de lieue de la porte du Nord : je serai exact au rendez-vous.

Tout cela arriva comme s'il se fût agi des choses les plus simples : tandis que l'on me conduisait devant le conseil, à l'instant où je passais dans l'une de ces rues étroites et tortueuses dont Risbac, mon compagnon, m'avait parlé, je donnai un croc en jambe au soldat qui marchait à ma droite, en même temps que j'appliquais un vigoureux coup de poing à celui qui marchait à ma gauche;

12.

ils tombèrent tous deux, et, avant que les autres se fussent retournés, j'avais déjà gagné
du terrain. Pendant ce temps, Risbac sciait
fort proprement l'un des barreaux de sa fenêtre; le soir venu, il saute sur le dos d'une
sentinelle, escalade le mur de ronde, et ac-
court au rendez-vous où j'étais déjà.

— Voilà qui va bien, dit-il, mais cela
irait bien mieux si nous avions de l'argent.
Pour moi, je ne possède point un sou.

— Je suis absolument dans le même cas.

— C'est un vilain cas; mais nous n'y res-
terons pas long-temps, car j'entends la diligence de Paris, et les voyageurs qu'elle contient ont sans doute la bourse mieux garnie
que nous.

— Vous savez déjà que je n'étais guère
homme à m'effrayer de peu; mais j'avoue

que la proposition me fit reculér de deux pas.

— C'est de la folie, dis-je; quoi! deux hommes sans armes....

— Nous ferons comme si nous en avions.

— Songez donc que nous pouvons avoir dix ou douze personnes sur les bras.

— Je songe aussi que la nuit est noire comme l'âme du diable, et que tous ces voyageurs sont plus ou moins endormis. D'ailleurs, le métier que nous entreprenons ne se fait pas toujours à coup sûr.... Je suis le capitaine, je vous fais mon lieutenant, nous logeons le reste de la troupe dans l'imagination des voyageurs et tout ira bien.

Il s'en fallait de beaucoup que je fusse rassuré; mais je n'eus pas le temps de m'appesantir sur le péril auquel nous allions

nous exposer, car la diligence n'était plus
qu'à vingt pas de nous. Quelques secondes
après, Risbac s'écria d'une voix de Stentor :

— Arrête, postillon, ou tu es mort!

La voiture s'arrêta aussitôt.

— Garde à vous! s'écria mon camarade
de toute la force de ses poumons; il ajouta :
Lieutenant, faites placer nos hommes dans
le fossé et suivez-moi.

Il courut à la portière, l'ouvrit hardiment,
et dit :

— Messieurs, la guerre est une fort belle
chose, et nous sommes là cinquante braves
soldats qui la faisons pour notre compte
particulier; toutefois, nous serions désolés
d'être obligés de traiter en ennemis des
gens aussi respectables que vous le paraissez (notez qu'il faisait noir comme dans un

four), et c'est afin de n'en pas venir là que je vous engage à partager en frères, entre vous et nous, l'argent dont vous êtes munis.... Allons, lieutenant, remettez vos pistolets dans votre ceinture ; vous voyez bien que nous avons à faire à des gens trop bien élevés pour se faire casser la tête sur un grand chemin.

— J'aurais été fort embarrassé de mettre des pistolets dans ma ceinture ou ailleurs; car il en était de nos armes comme de notre troupe, tout cela ne pouvait être logé que dans l'imagination des personnages auxquels nous nous adressions. Mais heureusement cela suffit : cinq ou six bourses tombèrent en même temps dans le chapeau que tendait Risbac, et le brave capitaine s'écria, après s'être assuré que c'était bien des espèces qu'on venait de lui donner :

— Lieutenant, faites relever les armes,

et qu'aucun homme ne bouge; fouette, postillon !

Les chevaux partirent au galop, et nous
nous élançâmes à travers champs. Il fallut
bivouaquer pendant le reste de la nuit; mais
nous prîmes aisément notre mal en patience.
Au point du jour l'argent fut compté : nous
possédions un peu plus de cinq cents francs.

— C'est assez bien débuter, dit mon
compagnon ; mais des gens comme nous ne
sont pas faits pour se traîner sur les grands
chemins; cela est bon dans un cas désespéré. Pour des hommes organisés comme
nous le sommes, la carrière est large... Avez-
vous voyagé dans la Vendée?

— Jamais. Pourquoi cette question?

— Oh! c'est qu'il m'est venu une admira
ble idée!.... Vous savez que l'on se bat, que
l'on s'égorge maintenant dans ce pays, non

pour des hommes ou des choses, mais pour des principes. Il y a dans cette contrée de riches seigneurs qui se ruinent pour lever des régimens à la tête desquels ils se font tuer pour défendre une royauté qu'ils ne comprennent pas et un roi qu'ils n'ont jamais vu.....Mais à propos du roi, le diable m'emporte vous lui ressemblez un peu.

— Par le métier que nous faisons, dis-je en riant, il se pourrait que la ressemblance allât loin, et que je rendisse l'âme sur le même lit que sa défunte majesté.

— Il s'agit bien de cela, ma foi! vous ressemblez au roi, c'est une chose convenue..... D'ailleurs quand vous ne lui ressembleriez pas, il n'en serait ni plus ni moins, puisque, ainsi que je vous le disais, la plupart des personnes qui se font tuer pour lui ne l'ont jamais vu. Voici donc mon projet : vous êtes roi de France; moi je suis.... Qui diable suis-

je?....Si j'avais vingt ans de moins je pourrais
bien être le dauphin....Ah! je suis le duc de
Carlinbernord, l'un des gentils-hommes de
votre majesté; nous allons en Vendée; nous
tombons comme une bombe dans l'un des
plus beaux châteaux de ce pays. Le roi est
mort; vingt mille personnes ont vu sa tête
séparée du tronc, toutes les gazettes de l'Europe ont rendu compte de cette exécution,
tout cela est incontestable; mais les nobles
vendéens n'en croient pas un mot, et c'est
fort heureux pour nous. Vous faites une très-
belle histoire sur la manière miraculeuse
dont vous avez échappé à vos persécuteurs,
et vous n'oubliez pas que moi, duc de Carlinbernord, j'ai l'avantage d'être votre libérateur. Le seigneur chez lequel nous tombons se jette à vos pieds; il vous offre sa
vie et sa fortune; vous acceptez la dernière
partie, et vous demandez un à-compte de
cent mille francs....Il ne faudra pas craindre
de mettre la bouchée trop forte; car si vous

vous avisiez de faire le modeste, de vous contenter d'une bagatelle, votre serviteur de tout mon cœur! vous n'auriez pas plus l'air d'un roi que d'un moulin à vent. Quand un seigneur vous aura offert ce qu'il possède, tous les autres en feront autant; vous le recevrez bien, et, pour n'être pas en reste avec eux, du baron vous ferez un comte, du comte un marquis, du marquis un duc, du duc un prince. Quant à moi, je serai toujours votre très-vertueux serviteur, votre fidèle trésorier; je serai chargé des recettes et des dépenses : or les recettes seront grasses et les dépenses nulles; je serai censé acheter des hommes, des armes, des munitions, et je n'achèterai rien du tout; mais je recevrai toujours avec un plaisir nouveau, et, lorsque la pelotte sera assez ronde, nous aviserons....Que pensez-vous de cela. Dites?

— Ma foi, c'est original, et, après ce que nous avons fait cette nuit, il me semble que nous pouvons tout tenter.

— En route donc!

Nous nous arrêtâmes à la prochaine auberge pour réparer nos forces, et après un ample
déjeuner nous nous remîmes gaîment en
route....Mais, mes enfans, il se fait tard; à
demain la suite; bon soir.

Guibard était parti depuis un quart
d'heure, et son assemblée l'écoutait encore;
il semblait à ces trois personnages qu'ils
venaient d'assister à quelque scène fantasti-
que, et leur sommeil se ressentit des émotions que le récit du vieux galérien leur
avait fait éprouver.

CHAPITRE DIXIÈME.

X.

LE ROI IMPROVISÉ.

Le lendemain Georges se portait assez bien ;
il s'était levé, et se promenait dans sa chambre, soutenu par sa mère et Justine, lorsque
Guibard entra.

— Bravo! dit-il; ça va mieux que je ne
l'espérais, et, ma foi! c'est heureux; car ces
diables de billets font un bruit d'enfer; toute
la clique est sur pied comme s'il s'agissait
d'une conspiration.... Mais soyez tranquille,
j'ai des amis par là. Je ne veux vous quitter
que lorsque vous serez tout-à-fait en sûreté,
et encore....je crois, le diable m'emporte!
que, s'il ne s'agissait que de devenir honnête
homme pour ne pas vous quitter du tout,
j'en ferais le sacrifice pour la seconde fois de
ma vie, et ça me réussirait peut-être mieux
que la première. Ceci vous semble drôle, après
ce que vous savez de mon histoire; mais
vous le comprendrez davantage quand vous
aurez entendu le reste....si vous y êtes disposé.

Cet homme était réellement si étonnant,
ses paroles et ses actions étaient marquées
d'un cachet si original, que madame Valmer
et les amans avaient le plus grand désir

d'entendre la suite de ses aventures; ils acceptèrent donc avec empressement, et Guibard reprit ainsi.

— Il faisait chaud en Vendée dans ce moment, et ce ne fut pas sans courir vingt fois le risque d'être fusillés, tantôt par les bleus, tantôt par les blancs que nous en parcourûmes une partie. Risbac prenait des informations de temps à autre sur les plus riches seigneurs du pays; mais il n'était pas facile d'en rencontrer un qui possédât toutes les qualités que nous voulions trouver dans celui qui aurait l'honneur de nous recevoir. L'un avait des relations directes avec les princes émigrés, l'autre avait passé sa jeunesse à la cour, et ses questions pouvaient être trop embarrassantes; celui-ci achevait de se ruiner; celui-là ne voulait pas communier, et il n'eût pas donné une obole au Père Éternel lui-même. Enfin nous découvrîmes un certain comte de Kakerboc qui semblait

avoir été tout exprès créé et mis au monde
pour servir de pâture aux gens d'esprit de
notre sorte. C'était un homme d'environ
soixante ans dont la crédulité faisait pro-
verbe, même dans ce pays de dupes; il était
fort riche, chose très-importante; sa fille
unique était excessivement jolie; sa femme
l'avait été, circonstances qui ne pouvaient
rien gâter. Un soir, vers neuf heures, nous
nous présentons au château; on refuse d'a-
bord de nous recevoir; Risbac insiste. On
veut savoir qui nous sommes; alors Risbac
déclare que nous ne pouvons nous faire
connaître qu'au comte, puis d'un ton solen-
nel il ajoute :

— Allez! allez dire à M. de Kakerboc que
nous venons ici par ordre du roi!

Oh! alors les gens du comte changèrent
de ton; les têtes se découvrirent, les révé-
rences se multiplièrent. *Par ordre du roi!*

Avec ces paroles magiques on eût fait, je crois, tomber les murailles du château. La réponse du comte ne se fit pas attendre; il vint lui-même au-devant de nous, et nous introduisit dans un salon où se trouvaient sa femme et sa fille. La comédie était commencée; il n'y avait plus à reculer, quelque difficiles que les rôles que nous avions adoptés pussent nous paraître.

— Monsieur le comte, dit Risbac, le roi connaît votre fidélité; sa majesté vous compte au nombre de ses plus braves et de ses plus fidèles serviteurs....

— Comment, monsieur, le roi a bien voulu parler de moi!.... Vous l'entendez, madame la comtesse, sa majesté a daigné s'occuper de nous.....

— J'ajouterai, monsieur le comte, que sa majesté s'en occupe beaucoup à l'instant même où je vous parle.

13.

— Il se pourrait!... Ah! monsieur, ce jour
est le plus beau de ma vie!... Et ces animaux
qui vous disent partout que le roi est mort....
Je le disais bien, moi, que ces scélérats de
sans-culottes n'oseraient pas lui faire tomber
un cheveu de la tête.... N'est-ce pas déjà un
crime inouï, une chose inconcevable que ces
brigands osent tenir sa majesté sous les
verroux....

— Le roi est libre maintenant.

— Ah! monsieur! quelle heureuse nouvelle!... Vive le roi!... Allons donc, comtesse...
Vive le roi!... Et vous, Eléonore.... Ne faites
pas attention, monsieur, c'est la joie qui
leur ôtait la parole.... Vive le roi!....

— Il y a plus, monsieur le comte, le roi
est dans ce pays, tout près d'ici..... Un peu
d'attention, je vous prie; vous allez recevoir
la plus grande preuve de confiance que jamais souverain ait donnée à un sujet fidèle...

Vous saurez d'abord que je suis le duc de Carlinbernord, gentilhomme de la chambre; et, maintenant que mes titres sont connus, je vais remplir l'une des fonctions dont je suis chargé.

Il se mit à marcher à pas comptés, la tête haute, le jarret tendu, je le suivais en me mordant les lèvres pour ne pas éclater de rire : alors d'une voix haute et sonore, il dit :

— Monsieur le comte, mesdames..... Le Roi !.....

Il serait impossible de se faire une idée de cette scène : le comte, la comtesse et leur fille se jetèrent à mes pieds; je m'empressai de relever cette dernière, et je baisai son beau front, qui se couvrit aussitôt d'une rougeur admirable, et j'en fis autant à la comtesse, moins le baiser. Quant au comte,

il ne voyait, il n'entendait, il ne sentait plus rien !.... Il était aux pieds de son roi;
il baisait les pieds de son roi... Tout l'univers
était là pour lui.... O race de valets!....

Je ne pouvais rester plus long-temps sans
danger dans cette position; malgré les efforts
inouïs que je faisais pour ne pas rire, je
sentais que la gravité de ma majesté était
fort compromise. Heureusement Risbac vint
à mon aide; il prit sous les bras le comte
qui se traînait sur les genoux, et, bon gré,
mal gré, il le remit sur ses pieds, en criant
de toute la force de ses poumons:

—Le roi vous ordonne de vous tenir
debout!

—Comte, dis-je alors, je suis venu dans
ce pays pour me mettre à la tête de ma fidèle
noblesse et des vaillans soldats qui défendent
la sainte cause de leur roi; mais vous com-

prenez que pour cela il faut que les régimens soient organisés, que les munitions soient nombreuses; or, pour nous procurer tout ce qui nous manque, il ne faut qu'une chose, de l'argent. A Dieu ne plaise cependant que je veuille accabler d'impôts extraordinaires mes fidèles Vendéens! Non, c'est un emprunt que je vais ouvrir, et c'est sur vous, comte, que j'ai jeté les yeux pour me seconder dans cette grave et magnanime opération; vous recevrez les sommes que les martyrs de la cause sacrée apporteront sur l'autel de la royauté.... Mais vous comprenez qu'il faut agir avec circonspection, et garder le plus profond secret sur ma présence en ces lieux, jusqu'à ce que je puisse me montrer et agir comme il convient à un roi de France.... En attendant, comte de Kakerboc, je vous fais duc et cordon bleu.

—Duc! s'écria le gentillâtre; madame de Kakerboc, vous avez entendu sa majesté.....

Vous êtes duchesse..... Ah! sire, quel honneur!.....

— Ne perdez pas de vue le projet que je
viens de vous communiquer.

— Ah! sire, je m'efforcerai de me rendre
digne de vos bienfaits; il ne me reste qu'une
grâce à demander à votre majesté, c'est de
permettre que mon nom figure en tête de
la liste des souscripteurs de l'emprunt; dans
deux jours je pourrai avoir le bonheur de
réunir cinquante mille écus....

— Vous entendez, duc de Carlinbernord,
dis-je à Risbac, M. le duc de Kakerboc vous
comptera, dans deux jours, cinquante mille
écus; cela fera, je crois, avec les sommes qui
vous ont été remises, un peu plus d'un
million... Je vous permets d'assister demain
à mon lever; nous travaillerons..... Je vous
nomme dès aujourd'hui mon ministre des
finances.

Les choses allaient le mieux du monde;
M. de Kakerboc et sa noble famille étaient
dans l'enchantement. Une seule chose me
contrariait : nous avions beaucoup marché
ce jour-là ; je me sentais un appétit d'enfer,
et notre hôte, qui avait déja donné des ordres
pour que le plus bel appartement du château
fût mis à ma disposition, n'avait pas l'air de
penser que le roi et son trésorier pouvaient
avoir faim. Je me décidai à prendre l'initia-
tive.

— Monsieur le duc, dis-je, je veux souper avec vous ce soir.

Ce fut le coup de grâce; Risbac retint le
pauvre homme au moment où il allait de
nouveau se jeter à mes pieds.

Le repas me parut délicieux; je mangeai
comme quatre, et cependant j'étais vivement préoccupé par les beaux yeux de la

jeune Éléonore qui était placée vis-à-vis de
moi; la gentillesse, la naïveté de cette jeune
fille faillirent dix fois me faire oublier ma
royauté. Au dessert, la conversation s'a-
nima; M. de Kakerboc, sans cesser d'être
respectueux, était devenu moins timide; il
hasarda quelques questions sur mon séjour
à la tour du Temple, et en vint tout naturellement à parler de ma prétendue évasion;
je tentai d'improviser quelques détails sur
cet événement; mais comme je m'interrom-
pais souvent pour me rafraîchir la mémoire
avec d'excellent Madère, et plus souvent encore pour admirer la gentille Éléonore, je
ne tardai pas à m'embrouiller; tout était
perdu si Risbac ne se fût hâté de venir à
mon secours.

— Cet événement, dit-il avec cette voix
ferme et accentuée qui s'accordait si bien
avec l'ensemble de sa physionomie, est certainement unique dans les fastes de l'his-

toire. Sa majesté était captive; mais fort
heureusement j'avais étudié la physique....
Tel que vous me voyez, je suis de première
force sur la physique.... Cela étant, que fais-
je? une chose toute simple : j'achète cent
aunes de taffetas et je fais un ballon.... car,
règle générale, quand vous avez l'avantage
d'être physicien, et que vous voulez faire
un ballon, vous commencez par acheter du
taffetas.... Le ballon fait, je pars.... brrrrst!...
Je crois, le diable.... c'est-à-dire, je crois sur
mon honneur.... En physique, voyez-vous,
nous donnons un autre nom à cela.... Je
crois donc que j'aurais été souper dans la
lune, si je n'y avais mis ordre. Mais la lune
n'était pas le but de mon voyage ; c'était
vers le soleil que je voulais me diriger, vers
le soleil de la France, c'est-à-dire vers son
roi!... Je descends donc sur la tour du Temple; je jette l'ancre aux barreaux d'une fenêtre, j'entre et je supplie sa majesté de
vouloir bien, pour le bonheur de ses su-

jets, monter dans ma voiture de taffetas. Sa
majesté hésite, je l'empoigne.... c'est-à-dire
je ne l'empoigne pas, au contraire, je me
jette à ses pieds, je la conjure, elle cède, et
nous partons à tire d'ailes. Deux heures
après, nous étions dans ce pays-ci.

— Ah! monsieur le duc! s'écria le gentillâtre, que vous êtes heureux d'être physicien!

—Mon Dieu, mon cher, c'est une science
très-facile; je vous l'enseignerai quand vous
voudrez; j'aurai même l'honneur de l'ensei-
gner à madame.... Et je pourrais donner à
mademoiselle des leçons particulières qui....

Ces dernières paroles n'étaient pas du tout
de mon goût.

— Assez, duc! dis-je d'un ton impératif;
nous avons à nous occuper d'intérêts d'un

autre ordre; nous parlerons de cela dans
des temps meilleurs.

A ces mots je me levai; tout le monde en
fit autant, et l'on me conduisit dans l'appartement d'honneur à la porte duquel un valet, déguisé en soldat, fut placé en sentinelle,
fusil sur l'épaule. Rien ne manquait pour que
l'illusion fût complète, il ne m'eût pas fallu
de grands efforts d'imagination pour me
croire réellement un roi sans états; mais j'a-
vais l'esprit occupé de tout autre chose. La
charmante Éléonore me troublait déjà la cervelle, et je présageais que ce n'était pas là
une fantaisie, une passion d'un jour comme
celle que m'avait inspirée autrefois la marquise de Ravelli; ce n'était pas ma tête qui
était prise cette fois, mais mon cœur. La
nuit se passa sans qu'il me fût possible de
dormir; je pensais plus à la fille de cet
homme, qui se croyait duc sur ma parole,
qu'à ces cinquante mille écus qu'il de-

vait nous compter; et je crois que j'aurais
fait, sans hésiter, le sacrifice de cette somme,
bien que je ne possédasse rien pour acquérir la certitude qu'Éléonore partagerait quelque jour l'amour qu'elle m'avait inspiré....
Je vois bien que cela vous étonne, mes enfans; pensez-vous donc que cette vieille carcasse soit pétrie d'un autre limon que le
reste des hommes? Parce que je raisonne
aujourd'hui, parce que je prends les choses
pour ce qu'elles valent et les hommes pour
ce qu'ils sont, est-ce à dire que mon cœur
n'a jamais battu plus vite et plus fort qu'il
ne fait aujourd'hui?... Plus de trente ans se
sont écoulés depuis que j'ai perdu cette
femme adorée; toutes les misères de la vie
se sont ruées sur moi; l'espèce humaine tout
entière est déchaînée contre mon individu.
C'est une meute affamée qui ne me laisse et
ne me laissera jamais ni paix ni trève, des
maux de toute espèce ont desséché mon
âme, flétri à jamais mon cœur.... Eh bien

quand je parle d'Éléonore, je redeviens jeune;
ce cœur qui semblait éteint recommence à
battre; mes yeux la voient, mes bras s'ou-
vrent, et moi, qui verrais d'un coup d'œil
tous les élémens se confondre, je retrouve
encore des larmes au souvenir de cette
femme!

Des larmes en effet sillonnaient le visage
ridé du galérien; la voix même sembla lui
manquer. Madame Valmer tenait ses mains
élevées vers le ciel; Georges pressait Justine
contre son cœur; il se fit un silence solen-
nel; mais Guibard se remit promptement,
et il continua son récit.

— C'est ce que nous allons voir, répliqua
le premier en tirant son sabre.

Le second en fit autant, les fers se croi-
sèrent; mais les combattans furent presque
aussitôt séparés par les passans, dont cette
scène avait attiré l'attention. Au même instant, un homme d'un âge peu avancé, mais
dont l'habit ecclésiastique commandait le
respect, fendit la foule, et s'adressant aux
deux soldats :

— Malheureux! ne vous ai-je pas dit cent
fois que ces armes ne vous sont confiées
que pour la défense de votre pays et de
votre prince?

— L'abbé Compois! dit l'un.

— Notre aumônier! s'écria l'autre.

Et tous deux remirent immédiatement le
sabre dans le fourreau.

14

L'abbé sembla fort adouci par cette preuve d'obéissance.

— Bien, mes enfans, très-bien, dit-il; mais surtout point de rancune.... Voyons, quel était le sujet de la querelle? Ce n'est pas assez de ne point se battre, il faut que vous restiez bons amis; parlez donc : je m'engage à n'en rien dire au quartier.

— Mon révérend, dit l'un, c'est à l'occasion d'une personne du sexe....

— Pardieu! monsieur l'abbé, interrompit l'autre, elle vous contera l'affaire aussi bien que nous, et ça fera d'autant mieux qu'il est l'heure de l'appel.

En parlant ainsi, il montrait Justine, qui, à demi morte de frayeur et de faiblesse, avait de nouveau cherché un appui près d'une porte cochère. L'abbé s'approcha d'elle tandis que les soldats s'éloignaient.

— Tiens! dit un érudit du quartier, ça ressemble joliment à *l'Huître et les Plaideurs*.

L'abbé, sans faire attention à ce propos, s'approcha de la jeune fille, et, surpris de l'air distingué, de la jeunesse, et de la singulière situation de la pauvre Justine, il se sentit plus que jamais disposé à pousser à bout l'aventure.

— Ne craignez rien, mon enfant, lui dit-il; le ciel, qui m'a envoyé à votre secours, ne permettra pas que ma tâche reste inachevée.... Je vous offre mon appui; mais il faut de la franchise.... Vous êtes si jeune, vous devez avoir si peu d'expérience, que vos fautes, si vous en avez commises, trouveront facilement grâce devant le Seigneur.

— Oh! mon père, je suis innocente!

— Bien, très-bien, mon enfant; mais,

quand il en serait autrement, ce serait le cas
de vous rappeler qu'il y a plus de joie dans
le ciel pour un pécheur repentant que pour
dix justes qui n'ont point failli... Parlez-moi
donc à cœur ouvert.

— Que vous dirai-je, mon père? je me
sens défaillir, et ce lieu.....

— Est peu convenable, c'est vrai. N'avez-
vous point de domicile?

— Je n'en ai point,

Les joues de l'aumônier se colorèrent du
plus vif incarnat. En ce moment un fiacre
vide vint à passer.

— Arrête, cocher, dit le prêtre.

Les haridelles firent halte. Le Phaéton en
sabots déploya le marche-pied, et Justine se
trouva bientôt assise près de son nouveau

protecteur, qui avait à demi-voix donné ses ordres au cocher.

— Maintenant, ma fille, dit l'aumônier vous pouvez parler sans contrainte : expliquez-moi donc comment il se fait qu'une jeune personne, qui paraît si bien élevée, se soit trouvée en butte aux outrages de ces gens grossiers.....

— Oh! mon père, je ne saurais vous dire cela en deux mots; l'histoire de mes malheurs est longue, quoique je sois bien jeune.

— Je suis disposé à l'entendre jusqu'au bout, ma fille; et le temps ne nous manquera pas, car il y a loin d'ici au lieu où nous nous rendons.

En toute autre circonstance, ces dernières paroles eussent éveillé les craintes de Jus-

tine; mais, dans la situation d'esprit où elle
se trouvait, il lui semblait que cet homme
fût envoyé du ciel pour la secourir, et il ne
lui vint pas le moindre soupçon. Elle commença donc, après s'être recueillie pendant
quelques instans, et fit avec une touchante
naïveté le récit des maux qu'elle avait souf-
ferts depuis que la mort de son père l'avait
laissée sans appui. A mesure qu'elle parlait,
le visage de l'aumônier s'animait davantage
de fréquentes exclamations témoignaient
de l'intérêt croissant que lui inspirait la
jeune orpheline.

— Si tout cela est vrai, comme je le crois,
ma fille, dit-il lorsque Justine eut terminé
son récit, vous devez avoir horreur du
monde.

— Ah! mon père, je ne puis croire que
les hommes soient tous aussi méchans que
ceux qui m'ont fait souffrir.

— Vous avez tort de ne pas le croire, mon enfant : votre œil n'a point encore mesuré la profondeur de cette sentine d'iniquité qui a failli vous ensevelir. Renoncer au monde, c'est renoncer à l'enfer.....

Il se fit quelques instans de silence : ce fut Justine qui le rompit.

— Mon père, dit-elle, oserai-je vous demander où vous me conduisez?

— Chez moi, mon enfant.

La pauvre fille tressaillit involontairement; le prêtre s'en aperçut et reprit :

— J'espère que le caractère dont je suis revêtu ne vous permettra pas de concevoir des craintes. D'ailleurs vous occuperez seule ce pied-à-terre; et, tant que vous y serez, je logerai à la caserne d'où mes fonctions ne me permettent pas souvent de m'écarter.

En ce moment la voiture s'arrêta.

— Bien que la droiture de mes intentions
ne puisse être suspectée, dit encore l'aumônier, il est bon cependant d'éviter toute espèce de scandale. Entrez donc seule et sans
hésiter dans l'allée de la maison n° 15, à quelques pas d'ici. Il n'y a point de portier ; personne ne vous interrogera, et vous monterez
sans difficulté au deuxième étage. Voici la
clef de l'appartement. Allez, je vous rejoin-
drai bientôt.

Justine tremblait en prenant cette clef : les
paroles de l'aumônier ne l'avaient que bien
faiblement rassurée ; mais, dans la situation
où elle se trouvait, elle ne pouvait céder à
de vagues appréhensions : le glaive de la justice était suspendu sur sa tête ; et, maintenant que son désespoir était calmé, la mort,
qu'elle avait souhaitée si ardemment, quel-

ques instans auparavant, l'épouvantait; la pensée de l'échafaud faisait dresser ses cheveux. Elle mit donc pied à terre, suivit les instructions de son protecteur, et pénétra bientôt dans un petit appartement où rien ne manquait de ce qui est nécessaire aux besoins et aux douceurs de la vie. Tout y était simple, mais commode et rangé avec goût. Un prie-Dieu se trouvait placé entre les deux fenêtres; le premier mouvement de Justine fut de tomber à genoux et de rendre grâce à la Providence qui, déjà tant de fois, l'avait tirée de l'abîme prêt à l'engloutir. Elle priait encore lorsque l'aumônier entra.

— Bien! ma fille, s'écria-t-il, très-bien! Dieu n'abandonne jamais ceux qui l'aiment et qui l'invoquent aussi bien dans la prospérité que dans le malheur.

Ces paroles achevèrent de rassurer l'or-

pheline : elle se leva, s'avança vers son protecteur, et lui dit :

— O mon père ! pardonnez-moi, car j'ai
péché contre Dieu en laissant pénétrer le
soupçon dans mon âme, alors que vous ne
deviez m'inspirer que de la reconnaissance
et de la vénération.

A ces mots, le visage du prêtre se rem-
brunit; il s'assit sans répondre, et parut
bientôt plongé dans de profondes méditations. Cela toutefois ne diminua point la
sécurité que Justine avait recouvrée; elle res-
pecta le silence de l'aumônier, et se remit à
prier avec ferveur.

— Mon enfant, dit enfin l'abbé, mon
devoir m'appelle; je ne puis rester plus
long-temps près de vous. Vous trouverez ici
tout ce qui vous sera nécessaire, voici pour
le présent : Demain nous nous occuperons
de votre avenir.

Il s'approcha de la jeune fille, lui prit la main, qu'il serra doucement, et il sortit en étouffant un soupir. Dès qu'il fut parti, Justine visita les trois pièces qui composaient le petit appartement où elle se trouvait si singulièrement installée; elle y trouva d'assez abondantes provisions, et, après avoir pris quelque nourriture, elle se coucha, puis s'endormit profondément.

CHAPITRE ONZIÈME.

XI.

SÉDUCTION.

Bien qu'il fît grand jour lorsque Justine s'éveilla, elle ne put se défendre d'un mouvement d'effroi en apercevant l'aumônier assis à son chevet.

—Mon aspect est-il donc si terrible, ma chère fille ? dit-il doucement, et suis-je destiné à ne vous inspirer que de la crainte?

— Pardon, mon père, la surprise....

— Il est vrai que vous ne pouviez vous attendre à me voir si tôt. Cela vient de ce que, ne pouvant trouver le sommeil cette nuit, je me suis occupé de votre avenir; j'ai mûrement réfléchi à votre position, aux dangers de toute espèce qui vous menacent, et j'avais hâte de vous communiquer le résultat de mes réflexions.

—O mon père ! j'aurai de vos bienfaits une reconnaissance éternelle !...

—Je suis maintenant convaincu, mon enfant, que vous ne pouvez espérer de salut dans ce monde et dans l'autre qu'en vous jetant pour toujours dans les bras de notre sainte religion.

c'est-à-dire être faible avec les faibles; mais il y a des bornes à tout....

Je me sentais une envie démesurée de prendre à la gorge cet animal qui raisonnait à froid de ce qui me brûlait les entrailles; mais il me resta fort heureusement assez de raison pour que je me continsse; et, quand je dis raison, c'était peut-être toute autre chose; car, en ce moment, tous les efforts de mon imagination tendaient vers un seul but, d'emmener Éléonore.

—N'oubliez pas que je vous attendrai à la petite porte du parc, me dit Risbac.

J'étais dans un état tel qu'il me fut impossible de lui répondre, je lui fis signe de la main, et je me dirigeai vers le salon de M. de Kakerboc, où j'espérais rencontrer Éléonore : malheureusement ce fut son père qui me reçut.

—Sire, s'écria-t-il en m'apercevant, vous
êtes trahis!... quoi! la sainte et fidèle Vendée
est trahie!....

—Rassurez-vous, monsieur le duc.

— Comment, sire, que je me rassure!....
Vous voulez que je sois calme quand votre
majesté se trouve dans ce château, alors
que ces cannibales de républicains n'en sont
qu'à trois ou quatre lieues? Songez donc,
sire, quatre lieues entre la monarchie et la
république, quand cette dernière marche
en poste....

— Nous parlerons de cela bientôt, mais
pour le moment....

—Pour le moment, votre majesté voudra
bien me permettre de lui annoncer la visite
de tous nos voisins, braves gentilshommes,
capables de tout sacrifier, fors l'honneur,

et qui viennent pour offrir à votre majesté de se former en bataillon sacré....

—Bon Dieu ! mon cher duc, nous n'en sommes pas là.

—Mais nous y serons avant la fin du jour, sire.

—Bien, bien; je donnerai des ordres. Envoyez-nous en attendant votre charmante fille Éléonore, avec laquelle nous avons à nous entretenir.... Monsieur le duc, le moment est proche où je pourrai reconnaître en roi les services que nous avons reçus de vous.

M. de Kakeiboc ne se le fit pas répéter; quelques secondes après, je tenais Éléonore étroitement pressée sur mon cœur.

— Divine Éléonore, lui dis-je avec feu, mon amour réclame un grand sacrifice: il faut me suivre.....

15.

—Louis! ne suis-je pas à toi?....

Je l'emportai dans mes bras; nous trou-
vâmes à la porte du parc Risbac, qui déjà
nous attendait avec deux bons chevaux, et
une heure après nous étions loin du castel
de Kakerboc.

CHAPITRE DOUZIÈME.

XII.

LE BIEN ET LE MAL.

Nous étions en veine de succès, continua Guibard, et, malgré les armées catholiques, royales, républicaines, nous traversâmes le pays sans accident. Il est vrai que nous étions blancs avec les blancs, bleus avec les

bleus; que nous donnions aux républicains
des renseignemens sur les forces royalistes,
et aux royalistes de fort bons avis sur les
positions des républicains : comme la plupart des espions, nous mangions à deux
râteliers; mais je vous prie de remarquer
que c'était une nécessité de notre position.
Éléonore était fort étonnée de notre conduite
à laquelle elle ne comprenait rien ; ce qui
était fort heureux pour elle ainsi que pour
nous. Elle hasardait bien quelques questions
de temps en temps ; mais il était toujours
très-facile d'y répondre de manière à ne lui
rien apprendre.

— Mon auguste ami, me dit-elle enfin,
lorsque nous fûmes éloignés du théâtre de
la guerre, vous n'allez donc pas vous mettre
à la tête de vos troupes?

— Belle amante, le temps n'est pas venu.

— Mais on se bat tous les jours.

— C'est qu'apparemment ces gens y trouvent du plaisir, et c'est le fait d'un bon prince de laisser ses sujets prendre leur bonheur où ils le trouvent.

— Où allons-nous donc, mon Louis?

— A Paris, ma toute charmante.

— Ah! mon Dieu!.... Mais il me semble que ces Parisiens vous veulent du mal.

— Je m'arrangerai de façon à n'en être pas reconnu.

— Dans la capitale!.... Quel dommage qu'il n'y ait plus de cour !

— Nous ferons en sorte que vous ayez autant de jouissances que s'il y en avait une.

— Oh! que je suis heureuse!....

Dès ce moment, la chère enfant ne parla

plus d'armée et de guerre. Elle allait à Paris,
elle qui n'était jamais sortie du vieux manoir
de son père que pour aller passer quelques
années au couvent; elle allait à Paris, dont
elle avait entendu raconter tant de merveilles, où il y avait de si belles parures, de si
brillans équipages; elle allait à Paris, et
elle était la maîtresse du roi!.... Il n'en faut
pas tant pour tourner une cervelle de seize
ans. Il est vrai qu'elle ne pouvait manquer
d'avoir à rabattre quelque chose de tous les
châteaux en Espagne qu'elle faisait; car la
capitale de France alors ne ressemblait guère
à ce Paris qu'on lui avait vanté : presque
tous les riches hôtels étaient déserts; il n'y
avait plus de superbes équipages; les élégans
du jour portaient des carmagnoles et des
bonnets à queue de renard; les femmes se
coiffaient à la Marat, c'est-à-dire que les
magnifiques dentelles, les jolis chapeaux
étaient remplacés par des mouchoirs à tabac.
Mais enfin il y avait bien encore, dans cette

ville telle qu'elle était, de quoi étourdir une petite provinciale, et je comptais, pour le reste, sur le secours de mon imagination.

Lorsque nous ne fûmes plus qu'à un jour de marche de la capitale, Risbac voulut avoir avec moi un entretien particulier.

— Çà, mon ami, me dit-il, qu'allons-nous faire maintenant?

— Je ne sais, répondis-je. J'ai presque envie de me faire honnête homme.

— Beau projet vraiment!

— Eh! mon cher, il faut bien que le métier ne soit pas si mauvais, puisque tant de gens le préfèrent à celui que nous exerçons.

— Mais ce métier ils ne le font que parce qu'ils n'ont pas le courage de courir les chances du nôtre. Otez aux uns la crainte de l'enfer, aux autres la crainte de la prison et du

bourreau, et vous les verrez tous plus âpres
au butin que nous ne le sommes.

Ce Risbac était un garçon d'esprit, beaucoup plus avancé que moi, c'est-à-dire plus
avancé que je ne l'étais à cette époque-là;
car depuis long-temps j'ai dépouillé le vieil
homme, et jeté aux orties les préjugés et les
illusions de toute espèce. Mais alors j'étais
amoureux, et par conséquent un peu fou;
d'ailleurs, j'aimais le nouveau, et, malgré les excellentes raisons de mon compagnon, je persistai.

— Après tout, me dit-il, c'est une fantaisie
comme une autre, et il est fort heureux
qu'elle ne vous ait pas pris plus tôt. Faisons
donc nos comptes et séparons-nous; car je
ne suis pas disposé à prendre le même chemin que vous. Voyons, monsieur l'honnête
homme: voici d'abord cinquante mille écus
que nous avons volés à cette excellente pâte

de comte, qui croit que les rois voyagent en
ballon....

Je me mis à rire de bon cœur.

— Oh! oh! reprit Risbac, voilà qui n'an-
nonce pas une conversion bien solide....
Allons donc; encore un effort, et vous allez
redevenir raisonnable.

— Non, répondis-je, c'est un parti pris;
c'est une expérience que je veux faire.

— Alors ne riez pas, et terminons.

Il compta comme il voulut, et se crut probablement autorisé, par ma qualité d'honnête
homme futur, à me traiter en ennemi; car
il ne me revint qu'un peu plus de cent mille
francs, et nous devions avoir plus de trois
fois cette somme. Mais la part qu'il me faisait
était encore gentille; je la pris sans me

plaindre, et le lendemain, en entrant à Paris,
nous nous quittâmes bons amis.

Les premiers jours s'écoulèrent rapidement ; j'avais pris un riche appartement dans
l'un des plus beaux hôtels, et je passais tout
mon temps à satisfaire les fantaisies d'Éléonore, que je ne quittais pas un instant, et
que j'aimais toujours plus que jamais.... Oh !
c'était là une bien belle et douce vie, je l'a-
voue ; mais pourquoi ces instans fortunés
ont-ils été si courts, et surtout si chers !
En un mois je dépensai trente mille francs.
Cela ne pouvait pas durer long-temps ; et, le
sac une fois vide, je n'avais aucun moyen
pour le remplir ; tout amoureux que j'étais,
je fis cette sage réflexion, qui m'en suggéra
d'autres, et je résolus d'entreprendre quelque
commerce, afin de faire fructifier les fonds
qui me restaient. Il fallait préparer Éléonore
à ce changement de vie, et il eût été tout-à-
fait difficile de lui faire croire que le roi de

France travaillât à reconquérir son royaume
en vendant du sucre ou de la toile : je préfé-
rai lui avouer la vérité. Je l'aimais tant,
je me croyais si tendrement payé de retour,
qu'il me parut impossible que ma franchise
eût un résultat funeste; et puis il me semblait que ce serait bien débuter dans cette
carrière d'honnête homme, dont j'étais alors
engoué.

Un soir, à notre retour du Théâtre de la
Nation, où nous étions allés entendre de lon-
gues tirades contre les despotes , ces tirades
avaient fort scandalisé ma jolie maîtresse;
la pauvre petite s'efforçait de me faire oublier,
par ses caresses, la prétendue ingratitude de
mes sujets : je crus le moment favorable.

— Si je t'aimais moins, ma belle amie, lui
dis-je, et surtout si j'étais moins sûr de ton
cœur, je te laisserais ton erreur ; mais je
puis maintenant sans danger te faire la con-
fidence que je t'ai trompée....

— Que signifie ce langage, Louis?.... Ne me suis-je pas donnée volontairement? ne savais-je pas alors qui vous étiez ? et...

— Non, tu ne le savais pas, enfant; car je ne suis pas ce que l'on me croyait chez ton père.

— Grand Dieu! que voulez-vous dire?..... Quoi! vous ne seriez pas... le roi de France?...

— Et c'est fort heureux pour moi, ma chère amie; car, si je l'avais été, il y a déjà long-temps que ma tête aurait roulé sur l'échafaud; et je veux vivre pour t'adorer.

Je voulus la prendre dans mes bras; mais elle me repoussa, et elle se mit à parcourir la chambre comme une insensée, en s'écriant :

— Il n'est pas roi!.... le monstre! ô mon Dieu! mon Dieu!

Elle pleurait, s'arrachait les cheveux, et se frappait le visage.

— Je t'en conjure, Eléonore, calme-toi, écoute-moi, lui disais-je en lui prenant les mains; songe qu'il y va de ton salut comme du mien.

Mais elle ne m'entendait pas, et elle ne cessait de répéter en sanglotant :

— Le misérable ! il n'est pas roi, et il ose tromper le comte de Kakerboc! séduire la fille du plus noble gentilhomme de la province!....

— Mais, si je ne suis pas roi , je suis au moins aussi bon gentilhomme que ton père ! m'écriai-je impatienté.

— Eh! que m'importe, infâme! vous m'avez indignement trompée.

—Songe que tu n'aurais jamais été que
ma maîtresse, et que tu peux être ma femme.

—Votre femme! non, non; ne l'espérez
pas, je ne serai jamais l'épouse d'un fourbe...
vous me rendrez à mon père, je saurai bien
vous y contraindre....

Et à tout cela elle ajoutait le refrain :

—Il n'est pas roi! le monstre! l'infâme!
le scélérat !....

La petite personne ne se faisait pas faute
d'épithètes; cela semblait couler de source.
J'espérais toujours parvenir à la calmer; mais
il fallut y renoncer, et je commençai à me
repentir d'avoir agi si légèrement. Je voulus
voir si la menace me réussirait mieux que
la prière.

—Savez-vous bien, Eléonore, lui dis-je,
que, sans être roi, je n'ai qu'un mot à dire

pour vous faire jeter en prison à l'instant
même?.... Qui êtes-vous en effet, la fille d'un
aristocrate qui porte les armes contre la
nation, d'un Vendéen révolté.... Choisissez
maintenant entre ma colère et ma pitié.

Cette scène, qui se passait dans la chambre
à coucher d'Eléonore, durait depuis fort
long-temps; je me retirai après avoir ainsi
menacé cette jeune fille, naguère si timide
et si tendre, espérant que la nuit lui ferait
faire de salutaires réflexions. J'étais vivement
affligé; mon cœur venait d'être horriblement
froissé : mon premier pas dans la carrière du
bien n'était pas encourageant; les suites
furent bien pires.

La terreur était alors au plus fort de son
règne; il fallait fort peu de chose pour être
arrêté, et il n'y avait qu'un pas de la prison
à la guillotine. Nous avions parlé très-haut,
Eléonore et moi ; ma maîtresse, surtout,

16.

dont la colère avait rendu la voix perçante.
Un domestique de l'hôtel ayant entendu ces
mots, *roi*, *gentilhomme*, *prison*, s'était ap-
proché de la porte; ayant saisi quelques
autres paroles, il crut avoir découvert une
grande conspiration, et, en sa qualité de
chaud patriote, il s'était empressé d'en faire
la déclaration à sa section, qui était alors
en permanence : de sorte que je n'étais
pas encore couché lorsque l'hôtel fut cerné
de toutes parts, et envahi par la garde
nationale, à la tête de laquelle marchaient
quelques misérables, qu'on appelait officiers
municipaux. L'un de ces derniers m'annonça
qu'il m'arrêtait au nom du peuple souverain.

—Et de quoi m'accuse ton souverain? lui
demandai-je.

—On te le dira plus tard; en attendant,
marche et ne raisonne pas, autrement tu

n'irais pas loin sans prendre la place d'une lanterne.

C'était là une excellente raison à laquelle il n'y avait rien à répliquer, et, bien que je me sentisse une terrible envie de casser la tête à l'un de ces animaux avec mes pistolets que j'avais saisis au premier bruit, je me contins, et me laissai conduire, espérant que la méprise, si c'en était une, serait bientôt reconnue, et que, dans tous les cas, il me serait facile de me justifier. Éléonore avait été arrêtée en même temps que moi; je demandai à n'en être pas séparé; mais je ne pus l'obtenir.

— Voilà probablement ton ouvrage, lui dis-je au moment de la quitter.

Elle fondait en larmes; je ne me sentis pas le courage d'insister, et je lui fis entendre quelques paroles de consolation en lui

donnant mon mouchoir dans lequel j'avais
mis deux rouleaux d'or.

Trois mois s'écoulèrent; tous mes efforts
pour découvrir le lieu où l'on avait conduit
Éléonore avaient été vains. Je commençais
à croire que j'étais oublié, lorsqu'un jour enfin je me trouvai porté sur la liste de ceux
qui devaient comparaître au tribunal révo-
lutionnaire. Cela n'était pas rassurant du
tout, mais je ne me décourageai pas.

Mon tour arriva; j'appris de l'accusateur
public que l'on me reprochait d'avoir con-
spiré contre la nation en dépréciant les assignats dont je ne me servais jamais, en faisant hautement des vœux pour le succès des
tyrans qui combattaient les armées de la république; en affectant de porter un habit et
une culotte neufs, etc., etc. J'étais de plus
fortement soupçonné d'être un agent de
Pitt et Cobourg, dont je n'avais jamais entendu parler.

Il y en avait là quatre fois plus qu'il n'en fallait pour avoir la tête coupée ; heureusement je ne manquais pas de moyens de défense :

— Citoyens, m'écriai-je, on m'accuse de ne pas aimer les assignats, et je les adore ; la preuve c'est que j'ai là cinquante louis à l'effigie de Capet, contre lesquels je vous supplie de vouloir me donner quelques-uns de ces écus de papier destinés à faire l'admiration de la postérité.

Je jetai cinquante louis sur le bureau du président qui les couvrit avec son mouchoir, puis je repris :

— On m'accuse d'aimer les tyrans, et je les abhorre... Quant à l'habit.... c'est vrai, je porte un habit ; mais savez-vous pourquoi, messieurs ? c'est afin d'être toujours à même de donner un grand exemple de patriotisme

en en faisant une carmagnole.... Citoyen
greffier, fais-moi l'amitié de me passer tes
ciseaux.

Et, avec les ciseaux du greffier, ayant
coupé les pans de mon habit, je déclarai
que j'en faisais hommage à la nation, ce qui
me valut les applaudissemens du tribunal.
Je voulus continuer ma défense; mais le
président, qui venait, par distraction, de
mettre mes cinquante louis dans sa poche,
déclara que les débats étaient clos, et je fus acquitté à l'unanimité.

Dès le lendemain, je me mis à la poursuite d'Éléonore.... Il y avait déjà six semaines que mes recherches étaient vaines,
quand un soir, à la sortie d'un bal, j'aperçus un jeune homme d'une stature majes-
tueuse, accompagnant une jeune dame à un
équipage vers lequel ils semblaient se diriger. La tournure enchanteresse, la taille di-

vine de cette femme me firent une vive impression. J'approchai et je reconnus ma
maîtresse.... Éléonore! m'écriai-je.... Figurez-
vous ma douleur et ma rage, lorsqu'en tournant la tête elle jeta sur moi un regard dédaigneux, où se peignait le plus profond mépris,
et m'ordonna de fuir en parlant bas à son
cavalier. A cet instant, celui-ci leva la main;
mais, prompt comme l'éclair, je tirai mon poignard et lui perçai le cœur : l'infortuné tomba
raide mort.... Éléonore, que j'adorais encore,
voulut m'échapper; je la retins par le cou,
j'étouffai ses cris et je lui plongeai, à plusieurs reprises, dans le sein le fer fumant
encore du sang de mon rival. Je retournai
cet instrument de mort dans les plaies avec
une joie féroce, en murmurant : Parjure,
reçois le prix de tes infidélités!... et je m'é-
loignai rapidement.... A la lueur d'un réver-
bère, je remarquai mes mains rougies; cette
vue, au lieu de donner accès à un repentir,
ne fit qu'enflammer mon âme ardente et

vindicative.... J'étais fier d'avoir si bien
réussi.... A quelques pas de là, une fontaine
publique servit à me laver. L'infâme! répétai-
je en m'essuyant avec mon mouchoir, j'aurai
dû l'instruire, avant de la frapper, qu'elle
avait, pour se sauver, déshonoré son vieux
père pour fuir avec un fratricide et un voleur
de grand chemin; il m'eût été si doux alors
de lui apprendre qu'un criminel comme moi
avait plus d'amour et d'honneur qu'elle.

Georges, sa mère et Justine frissonnèrent;
Guibard s'en aperçut.

— C'est horrible, n'est-ce pas? leur dit-il;
l'âge devrait avoir affaibli le souvenir de cet
exécrable forfait, et cependant je ne puis en
parler sans que mes cheveux se dressent et
mes dents se serrent.... J'aimais! voilà quel
fut l'épouvantable résultat de mon ambition
à devenir un honnête homme!... Eh bien! le
croiriez-vous, cela ne me découragea pas;
je résolus de lutter contre ma destinée; il

me semblait que je m'estimais un peu plus depuis que j'avais fait le premier pas; je me dis que ce serait une lâcheté de reculer si vite, et je résolus de persévérer. Je vous dirai demain ce qui en résulta; il me faut environ encore une heure pour arriver à la fin, et je ne veux pas fatiguer ce garçon-là.

Georges déclara qu'il se trouvait très-bien; mais le vieux Guibard ne voulut pas achever, et il se retira.

CHAPITRE TREIZIÈME.

XIII.

REVERS. SUCCÈS.

CETTE fois-ci, mes enfans, dit Guibard en entrant, nous débiterons le reste du chapelet d'autant mieux que Georges est maintenant hors d'affaire, et j'ai dans l'idée qu'il ne serait pas mal de quitter Paris, afin de donner aux limiers de la justice le temps de se casser le nez. Quant à moi, je resterai ici pour veiller au grain. D'ailleurs, je ne prétends pas me lier avec vous ; je comprends vos répugnances, et, quand un homme comme moi a eu la faiblesse de croire au bien pendant quelque temps, il peut pardonner aux autres d'y croire toujours.... Ça nous ramène justement au point où nous en étions hier.

Vous sentez que j'avais fait de terribles brèches à mes cent mille francs depuis ma séparation d'avec Risbac; il ne me restait guère que le quart de cette somme, et, comme je vous l'ai dit, j'étais plus que jamais décidé à ne combler ce déficit que par des moyens honnêtes. A la vérité, je n'entendais rien au commerce; mais j'imaginais qu'il ne fallait pas un grand talent pour acheter certaines marchandises dans un moment favorable, et les revendre lorsque le

cours en devenait plus élevé. J'allai à la
Bourse, et j'eus bientôt lié connaissance
avec un certain nombre de courtiers, personnages très-officieux, qui se disputèrent
mes bonnes grâces dès qu'ils surent que j'a-
vais des capitaux à faire manœuvrer. C'est à
cette époque que je retranchai le superflu de
mon nom, et que de monsieur de la Guibardière, je fis le citoyen Guibard tout court,
nom tout plébéien, et qui me sembla convenir
parfaitement à un honnête commerçant.

Il me pleuvait des offres de service; j'eus
bientôt acheté des quantités considérables
d'huiles, de coton, de bois de teinture, de
toiles de Hollande, etc., etc. Mais ce fut
surtout pour me faire débiter que les courtiers déployèrent toute leur habileté; ils me
trouvèrent des acheteurs tant que j'en voulus, qui offraient vingt-cinq et trente pour
cent de bénéfice net; il est vrai que j'avais
acheté comptant, et que je fournissais à

terme; mais le papier de ces messieurs était
de l'or en barre; les courtiers juraient qu'on
pouvait le prendre les yeux fermés, et je
l'acceptais, et, les vingt-cinq mille francs
étant épuisés, j'usai du crédit que mes premières opérations m'avaient acquis : j'ache-
tai et je vendis, toujours avec un bénéfice
considérable ; mais il arriva qu'à l'échéance
des lettres de change que j'avais reçues, elles
ne se trouvèrent porter que des noms ima-
ginaires ou de gens absolument insolvables,
qui avaient disparu; les courtiers se plai-
gnirent d'être les premières dupes, attendu
qu'ils avaient reçu le prix de leurs commis-
sions en même monnaie que moi celui de
ma marchandise; et ce qui résulta de clair
dans cela, fut que j'étais ruiné. Mais ce n'é-
tait pas tout; j'avais acheté et vendu pour
plus de dix fois le numéraire employé à mes
premières opérations : ne recevant rien, il
me fut impossible de payer. Je fus déclaré
en faillite. Mes livres n'étaient pas réguliers;

on m'accusa de connivence avec les fripons
qui m'avaient dépouillé ; une plainte en
banqueroute frauduleuse fut portée, et bientôt on y donna suite. Un jugement en bonne
forme m'envoya aux galères pour cinq ans,
attendu la première fois.... Le bagne, voilà
où me conduisit ma probité; il y avait de
quoi en dégoûter de plus robustes.

Par un hasard singulier, Risbac arriva à
Toulon presque en même temps que moi,
et tout aussi bien escorté. Il avait aussi fait
du commerce lui; mais au moins ce n'était
pas pour avoir été trop honnête homme
qu'on l'envoyait dans ce lieu de plaisance.
Après notre séparation, il s'était fait four-
nisseur des armées de la république; et le
Dieu ou le diable sait ce qu'il avait fourni !
Du pain de son, dix onces pour une livre,
du cheval pour du bœuf, et des bottes de
basane pour la cavalerie. En récompense de
ses grands et loyaux services, il avait d'a-

17.

bord été question de le fusiller, de le mettre
à la lanterne, puis de l'envoyer à la guillotine, et, en définitive; attendu qu'on ne tue
pas aussi aisément un homme qui a un demi-million qu'un pauvre diable qui n'a pas
le sou, il en avait été quitte pour dix ans de
galères.

— Oh! oh! monsieur l'honnête homme,
dit-il en m'apercevant, il paraît que l'accès
n'a pas duré long-temps?

— Assez pour me ruiner et me conduire
ici, ce qui est beaucoup trop.

— J'aurais parié que cette idée-là vous
porterait malheur, d'autant plus qu'ayant
cette petite fille sur les bras, vous ne pouviez faire que des sottises.

— N'en parlons pas, mon ami; la parjure
a payé cher les courts instans de plaisir que
je lui ai procurés.

Je racontai alors à Risbac ce qui m'était arrivé depuis notre séparation.

— Mon ami, me dit-il lorsque j'eus terminé, vous avez fait de grandes fautes; mais je veux être indulgent en faveur du caractère que vous avez montré avec votre rival, comme avec cette petite perfide, qui ne valaient pas à eux deux un seul coup de stylet. Pourtant il y a des choses inutiles par elles-mêmes qui promettent pour une meilleure occasion : pour cela je vous approuve d'autant plus que vous me paraissez disposé à n'y pas retomber. Rappelez-vous qu'on a toujours tort de vouloir forcer sa vocation : vous étiez né pour vous moquer du monde, et l'on vous avait fait prêtre, c'était bien; nous l'avouerons ensemble, lever un tribut sur des imbéciles, c'était juste; car les imbéciles ont été créés et mis au monde pour servir de pâture aux gens d'esprit. Mais voilà que, lorsque tout est en bon chemin,

vous donnez dans le travers comme un niais;
vous parlez de conscience comme des gens
qui n'ont que cette bagatelle à vous offrir...
Quand j'ai vu cela, j'ai éprouvé beaucoup de
peine.... parce que, au fond, je vous avais
reconnu des moyens. Mais c'est assez parler
du passé; quant au présent, nous n'avons
rien à en dire; c'est donc de l'avenir qu'il
faut nous occuper. Vous pensez bien que je
n'ai pas envie de pourrir ici; car, indépendamment de ce que me doit la république,
j'ai, en lieu sûr, de quoi vivre fort honnête-
ment, c'est-à-dire sans m'occuper du lendemain. Je ne vous abandonnerai pas; nous
partirons ensemble, et, avec un peu de
bonne volonté, vous aurez bientôt recouvré
ce que vous avez perdu.... Mais, je vous en
prie, plus de folies de jeunesse, plus de
coups de tête; une seconde faute est bien
plus difficile à réparer qu'une première. Je
serais désespéré d'être obligé de vous abandonner dans la mauvaise fortune; mais je

n'hésiterais pas, car le salut d'un homme est la première loi. Soyez donc ferme, inébranlable dans vos principes; restez toujours dans le vrai, et vous n'aurez jamais rien à redouter des hommes et des événemens....

Malgré la triste position dans laquelle je me trouvais, je ris de bon cœur en écoutant ce sermon. Risbac cependant parlait très-sérieusement; c'était de la meilleure foi du monde qu'il me faisait cette morale.

— Mon cher ami, reprit-il, il ne faut pas plaisanter avec ces choses-là; il n'y a rien à attendre de bon d'un homme sans principes. Moi, par exemple, où en serais-je si j'en avais été dépourvu?

— A vous parler franchement, mon ami, je n'en sais rien; mais il serait difficile que vous fussiez en plus mauvais lieu.

— Raison de plus : le sage supporte avec

calme les épreuves de la vie, parce qu'il sait
que, mal aujourd'hui, il sera bien demain.
Voilà de ces vérités éternelles. C'est pourquoi, arrivé ce matin, il ne serait pas
impossible que je partisse ce soir; mais que
ce soit aujourd'hui ou un autre jour, j'espère
que vous ne refuserez pas de m'accompagner.

J'acceptai avec reconnaissance, et je sentis
l'espoir renaître dans mon cœur; car Risbac
était vraiment un homme supérieur, et je
savais ce que l'on pouvait attendre de lui.
Cependant il s'écoula plusieurs jours sans
qu'il me parlât de son projet et des moyens
d'exécution qu'il pouvait avoir.

Enfin un soir il me dit en me glissant un
étui :

—Demain on nous conduira sur le port
avec les autres; nous ne rentrerons pas ici :
faites vos préparatifs.

L'étui contenait des limes; je passai la nuit à couper mes fers, et n'en laissai que ce qu'il fallait pour qu'ils ne tombassent point avant l'instant convenu. Avec quelle impatience j'attendis le jour! jamais je n'avais éprouvé une anxiété pareille. Il vint enfin, et nous sortîmes. Arrivés sur le port, on nous chargea, en notre qualité de commençans, du travail le moins pénible. Saisissant le moment favorable, Risbac m'entraîne derrière un monceau de cordages, du milieu duquel il tire deux uniformes complets de gardes-chiourmes; nos fers tombent; en une minute la métamorphose fut accomplie, et nous sortons hardiment sans éprouver le moindre obstacle. Une chaise de poste nous attendait à un quart de lieue de la ville, près d'une maison isolée, où nous troquâmes nos uniformes contre des habits bourgeois. Risbac donna de l'or au postillon, et nous nous éloignâmes avec la rapidité de l'éclair? En ce moment le canon du bagne annonçait

l'évasion de deux galériens. Ses coups re-
tentissaient dans mon cœur, je ne pus m'empêcher d'en être ému. Ce fut la dernière
fois, je crois... Je me remis promptement.

—Il ne nous manque qu'une chose, dis-je
à mon ami; mais elle est importante.

—Laquelle?

—Des passe-ports.

—En voici un bon, dit-il en me montrant
une énorme bourse, et en voici de meilleurs.

Il fouilla dans les poches de la voiture,
en tira deux paires de pistolets, et m'en
donna une. Cela ne me rassura que médio-
crement, et je ne tardai pas à voir que mes
pressentimens ne m'avaient pas trompé. Le
postillon stimulait vigoureusement l'ardeur
de ses chevaux, qui allaient ventre à terre,
lorsque des gendarmes, qui venaient à notre

rencontre, lui crièrent d'arrêter. Il fallut obéir.

— Çà, mon cher ami, me dit Risbac, j'espère que nous ne ferons pas d'enfantillage; je compte sur vous.

La recommandation était inutile; j'étais trop bien décidé à défendre ma liberté. A la demande de passe-port, Risbac répondit :

— Nous les avons oubliés à Toulon, à l'hôtel des ambassadeurs, et, si l'un de vous voulait nous faire le plaisir de les aller chercher, il nous rendrait grand service. Nous vous attendrons à la prochaine poste, et voici pour la commission.

Il jeta une poignée d'écus; mais les gendarmes ne les ramassèrent point, et nous déclarèrent qu'ils allaient nous reconduire à Toulon.

— C'est ce que nous allons voir, dit
Risbac.

Et à ces mots il fit feu des deux mains,
avec un tel bonheur que les gendarmes
furent démontés. Ils ripostèrent cependant
de deux coups de carabine; mais notre voiture brûlait la route, ils ne pouvaient songer
à nous poursuivre. Malheureusement l'une
de leurs balles, après m'avoir effleuré le bras,
atteignit mon compagnon au côté gauche.
Je le vis pâlir.

—Mon pauvre ami, me dit-il, j'ai là un
passe-port pour l'étranger, qui ne tardera
pas à être visé par les autorités de l'autre
monde ou de là-bas. Ces brigands-là m'ont
mis en règle..... Songez à vous.

Il eut encore la force de me donner sa
bourse, et, tandis que j'ouvrais son habit
pour examiner la blessure, il me tendit la

main, voulut parler, mais il expira. Les circonstances étaient graves, je pris promptement mon parti. J'ordonnai au postillon d'arrêter; je mis pied à terre, je quittai le grand chemin, et me jetai dans le premier bois que je rencontrai.

Après avoir erré pendant trois jours, je parvins à me procurer un costume de roulier, et, le fouet à la main, je me remis en route. Trois semaines après j'étais à Paris. Je vécus long-temps dans l'inaction ; la bourse ou plutôt le sac que m'avait donné Risbac ne contenait pas moins de quinze mille francs : il y avait là de quoi prendre patience, et attendre quelque circonstance favorable pour brusquer la fortune. En attendant, je profitais de l'expérience que j'avais acquise dans le commerce : j'agiotais sur les fonds publics, qui étaient en assez piteux état; je passais mes soirées dans quelques maisons où l'on donnait à jouer, et, comme j'avais

acquis une certaine dextérité à l'école de
l'expérience, les cartes me traitaient en enfant
gâté.

Cependant une réaction s'était opérée
dans les esprits, de grands changemens s'é-
taient faits dans les affaires de la France. Le
premier consul se frayait un chemin vers le
trône; il avait rouvert les églises; les petits
collets ne tardèrent pas à se remontrer; je
repris mon nom de la Guibardière, en attendant que je reprisse la soutane. Car, mes
enfans, il est bien vrai qu'on en revient
toujours avec plaisir à ses premières amours,
et, maintenant encore, si je pouvais vivre
dans quelque bon presbytère.... Bah! il ne
faut pas penser à cela.

Je vous disais donc que le luxe commençait à reparaître à Paris; on parlait beaucoup
de la cour brillante d'un homme qui fit trembler l'Europe; les anciens nobles y étaient

bien reçus : je résolus de m'y montrer. Cela
me fut très-facile. Je retrouvai aux Tuileries
d'anciennes connaissances que j'avais perdues
de vue depuis long-temps, et entre autres
la belle marquise de Ravelli, ma première
passion. C'était maintenant une riche veuve,
encore fort jolie, et qui était sur un très-bon
pied à la nouvelle cour.

— Eh bien! mon cher abbé, me dit-elle,
vous êtes donc des nôtres? je vous croyais
mort; car, vivant, je vous attendais ici l'un
des premiers. N'avez-vous pas une fortune à
réparer?

— Dites à refaire, belle dame; je ne possède plus rien.

— Pauvre garçon!... Mais c'est affreux cela...
Il vous faut un emploi; vous l'aurez; je le
veux.... Voyons, où vous mettrons-nous?....
Eh! mais, j'y pense, savez-vous que vous
feriez un fort joli évêque?

— Vous voulez rire....

— Pas du tout : vous êtes abbé, ainsi les trois quarts du chemin sont faits....Il y a disette d'évêques; vous vous mettrez sur les rangs.... Votre nom, vos titres.... On ne porte pas ces derniers, mais il n'est pas mal d'en parler....Je verrai demain le ministre. Le premier consul est au mieux avec le pape; sa sainteté signe les yeux fermés toutes les bulles qu'il lui demande...Et, quand le bonhomme y verrait, pourrait-il mieux choisir?....C'est un véritable présent que je vais faire à notre mère la sainte église. Venez dîner avec moi demain; les choses seront déjà fort avancées, je l'espère.

J'étais étourdi; je ne pouvais croire que la marquise parlât sérieusement; mais, comme, ainsi que je vous l'ai dit, elle était alors riche, encore jolie, et que j'avais besoin de distraction, j'acceptai l'invitation....

Un peu de patience, mes enfans; nous arrivons à la fin ; je ne vous demande que dix minutes et deux verres de vin.

On s'empressa de le satisfaire; au lieu de deux verres, il en but quatre, puis il termina ainsi:

CHAPITRE QUATORZIÈME.

XIV.

UN ÉVÊQUE.

CETTE marquise était vraiment une femme charmante; en y songeant, je me reprochais de l'avoir traitée autrefois si cavalièrement, et je me promis de ne rien négliger pour

mériter le pardon qu'elle m'accordait avec
tant de générosité. Ce fut dans cette disposition d'esprit que je me rendis chez elle.

— Eh! venez donc, monseigneur! me dit-
elle en riant; vos affaires sont en très-bon
chemin : il manquait justement un nom sur
la liste des candidats, et j'y ai fait mettre le
vôtre devant moi. Le ministre ne pouvait
pas me refuser : j'ai bien fait quelques colo-
nels, deux ou trois directeurs généraux;
mais vous êtes le premier évêque que je me
permets; c'est de la discrétion, et je veux
que l'on m'en tienne compte.

Nous dînâmes tête à tête; madame de Ravelli me parut dix fois plus aimable qu'autrefois, et j'épuisai tout le catalogue des
fadaises pour le lui dire.

— Mon cher abbé, disait-elle, ce n'est pas
généreux : je travaille pour que vous soyez
en paix avec Dieu, et vous faites tous vos ef-

forts pour que je succombe à la tentation :
n'avons-nous pas abjuré nos folies ?

— Gardez donc vos bienfaits si vous ne
voulez pas que je sois reconnaissant.... Ou
plutôt pardonnez-moi ; oubliez mes torts.....

— Allons, enfant; ce sont des vieux pé-
chés dont je défends que l'on parle.... Soyons
raisonnables ; songeons à notre salut ; il vous
sera désormais facile de m'aider à faire le
mien.

— Je veux tout tenter pour vous conduire
au ciel par le chemin du plaisir....

— Mais c'est un incorrigible !

Ma foi, mes enfans, c'est assez de sornettes;
j'en passe, et des plus belles ; car ces choses-là
aujourd'hui doivent me faire faire une singulière grimace, et je n'en finirais pas s'il fallait
vous dire tous les détails de ce tête-à-tête qui
dura jusqu'au lendemain. C'était quelque

chose que d'avoir retrouvé une maîtresse
riche, puissante et encore très-belle; mais la
fortune semblait ne pas vouloir s'en tenir là,
et, la marquise aidant, je fus nommé évêque; la bulle me fut expédiée : je n'en pouvais croire mes yeux!

J'avais, depuis quelque temps, repris le
costume ecclésiastique, et fait la connaissance de quelques nouveaux prélats, parmi
lesquels j'avais retrouvé d'anciens compagnons d'études. Peu à peu je m'accoutumai
à ma nouvelle position; je me disais qu'il
n'était pas extraordinaire que je fusse devenu évêque dans un temps où tant de soldats devenaient généraux, et je finis presque
par me persuader qu'on avait fait un assez
bon choix en cédant aux sollicitations de la
marquise.

Je devais être sacré dans l'église Saint-
Sulpice : le jour de la cérémonie arriva; il y

avait foule dans le temple du Seigneur ; tout
ce que possédait d'élégant la nouvelle cour
semblait s'être donné rendez-vous là ; on crut
même un instant que le premier consul y
viendrait, et la police était faite en conséquence ; c'est-à-dire que des myriades de
mouchards circulaient en tous sens dans la
maison de Dieu. Accompagné d'un nombreux
cortége de prêtres, de jeunes lévites, je me
rendais au chœur, lorsque tout-à-coup deux
hommes pénètrent dans les rangs de mon
escorte ; l'un d'eux me saisit par le bras en
s'écriant : Je suis convaincu que c'est Guibard, le forçat, n° 115 !

Aussitôt ce fut un bruit, une rumeur épouvantable ; je faillis perdre connaissance ;
mais, sentant bien vite l'imminence du danger, je tentai de faire tête à l'orage.

— Que me veulent ces furieux ? dis-je en
regardant autour de moi.

— C'est très-vrai, dit l'homme qui n'avait
pas parlé; je le reconnais bien maintenant à
sa voix.

— Serais-je victime de quelque horrible
machination?.... Faites arrêter ces misérables, ordonnai-je aux suisses.

— Ne vous faites donc pas de mal, me dit
celui qui me tenait par le bras, c'est nous
qui arrêtons les autres.

Il tira de sa poche une carte d'agent de police, et, tandis que tout ce qui m'entourait restait muet et immobile de stupéfaction, les deux
espions m'entraînèrent dans la sacristie, où je
trouvai un forçat nouvellement libéré, qui
déclara me remettre facilement; puis vint un
autre espion, qui conduisait cinq ou six de
mes anciens créanciers, sur la plainte desquels
j'avais été condamné. Tous me reconnurent
pour être Louis Guibard. J'eus beau nier,

protester contre ce que j'appelais cette cruelle méprise, les preuves étaient tellement positives et accablantes, que mon arrestation fut maintenue. Seulement j'obtins d'être conduit chez moi pour y être gardé à vue jusqu'à ce que cette affaire fût tout-à-fait éclaircie.

Il me serait difficile de vous dire tout ce que j'éprouvais; c'était pis que de la rage : j'aurais voulu déchirer avec les ongles et les dents cette tourbe ignoble qui s'était ameutée dans l'enfer d'où j'avais réussi à m'échapper. En arrivant chez moi, je changeai de costume, et je pris des habits de laïque; je mis dans mes poches tout l'or qui me restait; puis, feignant de chercher quelque papier dans mon secrétaire, j'en tirai un poignard, et, me jetant sur le misérable qui me gardait à vue, je l'étendis mort à mes pieds. Ensuite je pénétrai dans la maison voisine en escaladant un mur, et j'arrivai enfin dans la rue.

Dès lors mon parti fut pris irrévocable-
ment ; je prononçai mon divorce éternel
avec la société, à laquelle je déclarai désormais une guerre à outrance, et, cette guerre,
je n'ai pas cessé de la lui faire, souvent bat-
tant, quelquefois battu ; aujourd'hui riche
et demain pauvre ; ne craignant rien justement parce que j'ai tout à craindre, et attendant la fin de tout cela sans m'inquiéter de
ce qu'elle sera. Voilà ma vie, et je ne m'en
plains pas, car ce qui est ne peut pas ne pas
être.

— De tout ceci, père Guibard, dit Georges lorsque le vieux forçat eut cessé de parler, il résulte que vous vous faites plus méchant que vous ne l'êtes au fond du cœur,
et sans les passions....

— Je ne suis ni bon ni méchant, mon
garçon, je suis moi, et je ne puis pas être
autre chose. Je ne me demande jamais si

une action que je veux faire est bonne ou mauvaise, parce que, encore une fois, il n'y a ni bien ni mal dans ce monde, et que ces deux mots, bien et mal, ne peuvent qu'indiquer les relations des choses. Le bien absolu, le mal absolu sont des chimères, voilà ce que les animaux qu'on appelle raisonnables devraient comprendre.

— Pourtant je vous dois beaucoup, et vous avez, à mon sens, un excellent cœur.

— Mon cher ami, si je t'ai fait quelque bien, c'est que cela m'a fait plaisir; tu ne me dois aucune espèce d'obligation, et c'est par égoïsme pur que je t'ai servi.

Il parlait encore, lorsqu'un bruit confus se fit entendre dans l'escalier, et presque au même instant la chambre se trouva envahie par une nuée d'exempts ayant un commissaire à leur tête.

— Au nom du roi, je vous arrête tous,

dit ce magistrat. Vous voyez que la résistance serait inutile.

— J'aurais dû le prévoir! s'écria Guibard.

Et, s'élançant vers l'une des fenêtres, qui était ouverte, il sauta dans la rue. Madame Valmer, qui était debout, tomba à la renverse; sa tête porta sur le marbre d'un meuble, et son sang jaillit sur le parquet où elle resta étendue sans mouvement. Georges et Justine voulurent la secourir; mais déjà les estafiers s'étaient jetés sur eux, et s'occupaient de leur lier les mains.

— Ma mère! ma pauvre mère! s'écria le jeune homme; au nom de Dieu! secourez ma mère!

— Sois donc tranquille, dit un des agens, on ne la mangera pas, ta mère; ça serait un morceau trop coriace.

— Misérable! elle va mourir!...

A ces mots, il fit un si violent effort qu'il brisa ses liens et parvint à se dégager; mais il fut de nouveau saisi, terrassé et garrotté. Alors l'un des exempts s'approcha de madame Valmer; essaya de la relever, et lui jeta quelques gouttes d'eau fraîche sur le visage; mais ce fut inutilement; l'infortunée s'était fendu le crâne; elle avait cessé de vivre.

— Je crois, le diable m'emporte! qu'il n'y a plus personne, dit l'homme de police. Pour une vieille femme, elle n'avait pas la tête trop dure à ce qu'il paraît.

Georges rugissait comme un lion; il se frappait la tête contre le parquet, et demandait la mort à grands cris.

— Un peu de patience, mon garçon, lui dit l'un de ces individus au cœur de bronze ça te viendra probablement cette fois-ci : il y aura bien du malheur si, avant six mois,

tu n'as pas fait la révérence à quatre heures
du soir en place de Grève.

Pendant ce temps, le commissaire écrivait
fort tranquillement son procès-verbal.

— La vieille est-elle morte? demanda-t-il
lorsqu'il en fut à cet événement.

— Tout-à-fait, et pour long-temps : elle
est guérie à jamais du mal de dents.

— Et l'autre?

Il voulait parler de Justine qui s'était éva-
nouie.

— Oh! l'autre, c'est différent; c'est jeune,
et ça n'avale pas sa langue si vite; dans un
quart d'heure ça sera dru comme père et
mère.

Le procès-verbal terminé, on emporta
Georges et Justine; ils furent jetés chacun

dans un fiacre, et, peu de temps après, ils étaient sous les verroux. Quant à Guibard, qui s'était foulé le pied en sautant par la fenêtre, il avait enfin trouvé une retraite sûre; mais il jurait comme un possédé contre le médecin, qui lui avait déclaré que, malgré tous les secours de l'art, il lui serait impossible de pouvoir marcher avant quinze jours; et cette nouvelle, qui l'empêchait de sortir de sa chambre, le rendait furieux, ayant la ferme volonté d'être utile à ses protégés, et ne pouvant y parvenir qu'à cette époque. Sera-t-il encore temps? criait-il en accompagnant ses paroles de termes plus qu'énergiques.... Nom d'un tonnerre! il n'y a pas de Dieu! ajoutait-il; car, pour moi le malheur, je ne dis pas; mais qu'ont fait ces infortunés à ce Dieu qu'on dit si bon?... Rien, absolument rien. Est-ce juste, cela?... Et, finissant ainsi, il frictionnait son pied en continuant ses cantiques de marine.

CHAPITRE QUINZIÈME.

19.

X.

ESPOIR.

Quelques semaines après, un avocat fut introduit près de Justine.

— Mademoiselle, lui dit-il, je me rends à vos désirs.

— Que voulez-vous dire, monsieur?

— Ne m'avez-vous pas fait appeler pour me charger de votre défense?

— Je n'ai parlé à personne depuis que j'ai le malheur d'être enfermée ici.

— Cependant un homme, se traînant sur des béquilles, est venu hier chez moi; il m'a supplié de me charger de votre affaire; il était porteur d'une lettre dont je n'ai pu lire la signature, à la vérité, mais qui contenait deux billets de mille francs que l'on me priait d'accepter à titre d'à-compte sur mes honoraires.

Justine devina que c'était là un nouveau trait de Guibard.

— Je rends grâce, dit-elle, à l'être généreux qui s'est occupé de moi; mais je ne veux point me défendre : la mort me paraîtra douce, et c'est le seul bien que j'envie à présent.

— Oh! il ne faut pas désespérer ainsi. D'ailleurs, si vous ne choisissez pas de défenseur, qu'en résultera-t-il? qu'on vous en nommera un d'office, qui plaidera la cause sans en avoir pris connaissance.

— Mais si je ne veux pas être défendue?

— Vous le serez malgré vous.

— Mais c'est une injustice.

— C'est la loi. Vous sentez qu'un avocat qui ne serait pas préparé pourrait dire des choses qui vous seraient désavantageuses, alors même que vous voudriez être condamnée. C'est un inconvénient que vous n'aurez pas à redouter avec moi, si vous voulez bien me donner quelques détails.

Justine était trop douce pour pouvoir ré-

sister long-temps : elle raconta donc à l'avocat toutes les circonstances de l'assasinat de
madame de Boistange ; car il ne s'agissait
que de cela pour elle, l'instruction ayant dé-
montré tout d'abord qu'elle était étrangère
à l'affaire des faux billets. Le défenseur, qui
tenait beaucoup à gagner ses deux mille
francs, l'écouta très-attentivement; puis il
fit de tout cela un très-long mémoire, qu'il dis-
tribua à tout le monde, et que personne ne
lut, comme cela arrive toujours. Mais il ne
s'en tint pas là; il vit madame de Boistange,
lui parla avec entraînement, cita cent exem-
ples de choses bien plus incompréhensi-
bles que celles qui semblaient accuser l'orpheline et qui avaient été reconnues vraies.
La conviction de la bonne baronne fut
ébranlée; il ne lui resta bientôt plus que
des soupçons; elle se rappela qu'en effet
elle n'avait point vu le visage de l'assas-
sin, mais seulement son habillement, et,
dans le doute, elle résolut de faire une

déposition favorable à la malheureuse Justine.

La même chose arrivait en même temps pour Georges; c'est-à-dire que le père Guibard lui avait aussi dépêché un avocat fort habile.

— Que m'importe l'issue de ce jugement? disait l'infortuné Valmer : condamné, l'échafaud m'attend; absous, c'est le bagne.

— Je ne puis, répondit l'avocat, que vous répéter, sans me permettre de les commenter, les paroles de la personne qui s'intéresse à vous : « *Sauvez la tête*, m'a-t-elle dit, *et je me charge du reste.*»

Georges aussi reconnut Guibard à ce trait; comme Justine, il consentit à se laisser défendre, et la tâche fut pénible; mais cette défense eut tout le succès qu'on en pouvait attendre; c'est-à-dire que Georges fut acquitté;

pourtant, comme son identité fut constatée,
on l'envoya à Bicêtre pour y attendre le départ
de la chaîne.

Quinze jours après, ce fut le tour de Justine. Madame de Boistange tint parole : elle
déclara que la version de l'orpheline lui
semblait être l'expression de la vérité; elle
ajouta qu'elle n'avait pas vu la figure de l'as-
sassin, et que, le temps lui ayant permis de
rassembler ses souvenirs, il lui paraissait
constant que le coup qui l'avait frappée était
parti de la main d'un homme. Avec un aussi
puissant auxiliaire, la défense ne pouvait
manquer d'être victorieuse : le juré rendit
donc un verdict d'acquittement, et Justine
fut mise immédiatement en liberté.

L'orpheline trouva à la porte de la prison
une voiture qui l'attendait : dès qu'elle parut,
une vieille femme mit la tête à la portière,
et dit d'une voix chevrotante :

— Je vous attendais avec bien de l'impatience, ma chère fille; allons, montez....

Justine hésitait; elle craignait de tomber dans un nouveau piége.

—Montez donc, mon enfant, reprit la vieille d'un air impatienté..... Prenez garde de vous heurter contre mes béquilles....

L'inflexion de la voix avait changé; Justine reconnut le vieux Guibard; alors elle n'hésita plus. La voiture partit rapidement.

— Et Georges? dit la jeune fille.

—Parti avec la chaîne, il y a six jours, mon enfant. Cet enragé de capitaine n'a rien voulu entendre; mais je le rattraperai. Je ne veux pas vous laisser à la merci du premier venu; car j'étais cause de tout le mal, et je voulais le réparer autant que possible. Maintenant que me voilà tranquille sur votre

compte, je vais filer sur la route de Brest,
car cette fois ils l'ont logé au nord.... Je la
connais, Dieu merci; j'en ai étudié toutes
les haltes et les étapes, et, quand ce vieux
dur à cuire de capitaine et tous ses gueux
d'argousins auraient l'enfer dans le ventre,
je les étriperais plutôt tous l'un après l'autre
que de leur laisser Georges entre les griffes.

Ces paroles consolèrent un peu Justine,
et, bien que le contact de ce vieux bandit
lui causât une répugnance invincible, elle
le remercia affectueusement. La voiture s'arrêta; Guibard conduisit sa protégée dans un
petit logement qu'il avait fait arranger avec
goût, et il lui en remit les clefs.

—Vous êtes chez vous, lui dit-il. Ah ça!
n'allez pas faire la petite bouche; car je vous
préviens que je n'ai pas le temps de vous
prouver que vous auriez tort. Qu'il vous

suffise de savoir qu'il y a dans votre secrétaire plus d'argent qu'il ne vous en faudrait
pour attendre mon retour, quand même je
ne reviendrais pas avant un an, et que cette
somme appartient à Georges.... C'est avec
l'or de Georges que votre défenseur a été
payé; c'est avec ce même or que je vis depuis
six mois, et c'est toujours avec l'or de ce
brave Georges que je vais aller disputer le
terrain aux mauvais gueux qui n'ont pas
voulu ou plutôt qui n'ont pas osé recevoir
la rançon que je leur offrais... Et cette somme-
là, le pauvre garçon l'a bien gagnée; il l'a
acquise au péril de sa tête, en gravant une
planche superbe. Je savais où était le magot,
et je l'ai été prendre quand le mien a manqué de parole. Il est fort heureux que je
l'aie retrouvé intact, car je n'avais pas le
temps de m'amuser à *filer une affaire* (trouver le moyen sûr de voler).... Adieu, mon
enfant; prenez patience.

Il dit tout cela si rapidement, que Justine

n'eut ni le temps ni la pensée de l'interrom-
pre; et, quand elle voulut lui répondre, il
était parti.

— Cet homme est vraiment extraordinaire,
se dit-elle; mais que penser de cette société
où l'innocence est obligée de se mettre sous
la protection d'un forçat?

Cette idée lui suggéra une foule de réflexions peu consolantes; elle comprit que
la justice qu'on lui avait rendue en l'acquit-
tant n'était qu'un accident, et qu'elle eût
été infailliblement condamnée si le crime
qui avait mis de l'or à la disposition de Guibard n'eût pas été commis. Ainsi donc, pour
vivre en paix avec sa conscience, il fallait
se condamner à toutes les tortures du corps
et de l'esprit; et après ces souffrances la
mort, et après la mort le néant peut-être.

Justine fut effrayée d'en être venue là; elle
tomba à genoux, retrempa son courage par
la prière, et se sentit plus forte au bout de

quelques momens ; elle se disait qu'à défaut
de la justice des hommes, elle pourrait toujours compter sur la justice divine, qui ne
l'avait jamais abandonnée, et l'avait, au contraire, sauvée des plus grands périls; et, par-
venue à arracher le doute, ce mal funeste
qui s'était glissé dans son âme, l'espérance
y revint en même temps que la foi.

Cependant Guibard galopait vers Brest,
ayant en portefeuille une demi-douzaine de
passe-ports bien conditionnés, et sur les reins
une ceinture pleine d'or. Il était, en outre,
porteur de certains papiers qui sortaient de
la même fabrique que ses passe-ports, et
dont il se proposait de faire usage en dernier
ressort ; ensuite il était toujours muni de
ses meilleurs amis, c'est-à-dire deux paires
de pistolets qui ne le quittaient pas, et un
poignard qui ne l'abandonnait jamais. Aussi
se croyait-il certain du succès de son entreprise.

— Ah! vieux roué! disait-il en pensant au
capitaine qui avait refusé ses propositions,
je vais te donner une leçon à laquelle tu ne
t'attends pas. Puisque tu refuses la paix, mon
drôle, alors qu'on t'en offre un si bon prix,
tu auras la guerre, et nous verrons comment
tu t'en tireras. Marche, marche; mais tu
n'iras pas loin, ou le diable m'emportera.

Il ne lui fallut que neuf jours pour rejoindre le cordon, qui en avait sur lui six d'a-
vance. Quand il n'en fut plus qu'à quelques
heures de marche, il dressa ses batteries, et,
en brave adversaire, il dépêcha un parlementaire à ce diable de capitaine que, contre son
attente, il avait trouvé si solide à son poste.
Ce parlementaire était tout simplement un
bon paysan porteur de la lettre suivante :

» Vous savez ce que je vous ai offert : s'il
ne faut que doubler la dose, je suis prêt;
mais c'est là mon dernier mot. Songez que
ce que j'offre de vous payer si cher aujour-

d'hui, je l'aurai demain pour rien si vous rejetez cette dernière proposition. La question peut se réduire à ces mots : vingt mille francs dans votre poche vous semblent-ils préférables à trois balles au travers du corps? Je dis *trois*, et, quand je dirais dix, je serais homme à vous tenir parole.

« Vous devez savoir, mon vieux camarade, qu'il faut vivre avec les vivans, et ne pas tuer tout ce qui est gras : il vaut mieux laisser pondre la poule aux œufs d'or que de l'éventrer.

« Quant à moi, qui ai eu cent fois affaire à de plus rudes jouteurs que vous, ma résolution est invariable, et, soit que vous choisissiez l'or ou le plomb que je vous offre, vous serez bien vite satisfait.... »

De peur de surprise, Guibard se posta sur le grand chemin en attendant le retour de son messager. Il n'attendit pas long-temps : pour toute réponse, le capitaine avait ad-

ministré une douzaine de coups de canne
au parlementaire, qui revint un peu plus
vite qu'il n'était allé, jurant comme un possédé, et fort disposé à rendre à Guibard la
réponse dans les mêmes termes qu'il l'avait
reçue; mais, outre que le vieux renard était
de taille à faire à cette réponse une vigou-
reuse réplique, il avait un baume merveil-
leux pour contenter les plus difficiles, et, à
peine eut-il fait briller des écus, que le paysan
ne songea plus aux coups de bâton que pour se
les faire payer le plus cher possible.

— Ah! il le prend sur ce ton! se dit Guibard après avoir satisfait et renvoyé son
homme; eh bien! puisqu'il veut absolument
voir de quel bois je me chauffe, on va le lui
montrer.

A ces mots, il se jeta à travers champs, ga-
lopa pendant tout le reste du jour, et s'arrêta
sur le soir dans un gros village, chez le maire
duquel il se fit conduire.

CHAPITRE SEIZIÈME.

20.

XVI.

LE VIEUX TEMPS ET LE NOUVEAU.

Le maire était un gros bonhomme qui avait tout juste assez d'intelligence pour ceindre, dans les grandes occasions, son écharpe par-dessus sa blouse, et dire : Au nom de la loi, vous êtes mariés. Quant au reste de ses fonctions, il s'en moquait comme de l'an quarante; il ne pouvait d'ailleurs se résoudre à mettre de l'encre sur ce beau registre blanc que le sous-préfet lui avait envoyé; et les conseillers municipaux, qui ne savaient pas lire, avaient d'excellentes raisons pour ne pas trouver à redire à ce que faisait ou ne faisait pas monsieur le maire; de sorte que les affaires de la commune allaient à la grâce de Dieu, ce qui n'empêchait pas que tout fût pour le mieux.

Ce brave homme était gravement assis entre un pot de piquette et une tranche de lard lorsque Guibard entra, la tête haute et sans ôter son chapeau : le maire fut tenté de le prendre pour le préfet de son département; il se leva, ôta son bonnet de coton et tira le pied droit en arrière.

— C'est vous qui êtes le premier magistrat de cette commune? dit Guibard.

—Magistrat, je n'dis pas; mais, ce qu'il y a d'sûr, c'est qu'j'ai l'honneur, sauf vot' respect, d'être monsieur l'maire, pour vous servir si j'en étions capable.

— C'est la France qu'il s'agit de servir, monsieur!

—Oh! pour c'qui est d'ça, y a long-temps qué j'n'en suis plus, Dieu merci.... Conscrit d'l'an quatre, réformé sans qu'ça pèse une once, et....

— Bon, bon; ce n'est pas de cela que je veux parler. Tel que vous me voyez, je suis chargé d'une mission secrète par le gouvernement....

— Ah! ah!

—— Il se passe des choses extraordinaires dans ce pays, monsieur le maire.

— Ma foi, m'est avis qu'y n'y a rien à en

dire : les foins ont manqué, mais le vin sera
bon.

— Eh! qu'èst-ce que vos foins en compa-
raison du salut de la France?... Monsieur le
maire, un immense complot s'ourdit en ce
moment.

— Comment que vous dites ça?

— Je dis que la France est sur un volcan,
et qu'il faut la sauver.

— Ah! ah!... Eh bien! qu'on la sauve, je
n'm'y oppose pas.

— En conséquence, je vais vous donner
connaissance des ordres dont je suis porteur,
et qui sont signés de tous les ministres.

A ces mots Guibard tira de sa poche un
riche portefeuille, prit un des papiers qu'il
contenait, et le présenta au maire qui lut
tant bien que mal :

« Il est ordonné à toutes les autorités civiles et militaires de mettre à la disposition du comte de la Guibardière la force armée dont il pourra avoir besoin pour l'exécution de la mission dont il est chargé. »

A la suite de ces lignes étaient les signatures des ministres, avec timbres, cachets, etc. Tout cela était encore de l'hébreu pour le bon paysan; mais Guibard lui dit :

— Vous savez qui je suis; maintenant voici ce que je veux : demain, dans l'après-midi, il me faut trente hommes bien armés pour saisir au passage la tête du complot, qui doit passer à deux lieues d'ici.

— En vérité?... Voyez donc à quoi on est exposé sans s'en douter!

— Ne vous disais-je pas tout à l'heure que la France était sur un volcan?

— C'est vrai; mais c'est que, sauf vot'respect, je ne connais pas cette bête-là.

— Diable! vous ne lisez donc pas les dis-
cours des députés? Qu'importe!... Vous comprenez qu'il me faut trente hommes bien
armés.

— Alors je n'vois qu'une chose; c'est
d'envoyer à la sous-préfecture de la ville
voisine demander tous les gendarmes....

— Mais, monsieur le maire, vous ne
comprenez donc pas? ce ne sont pas des
gendarmes que je veux; ce sont des
hommes.... des hommes bien armés.

— Et c'est à moi que vous demandez ça?...

— Sans doute : je vous requiers, en vertu
des ordres ministériels.... Est-ce que ce n'est
pas clair?

— Pour vous, c'est possible; mais, quant à

moi, je n'y comprends pas grand'chose, et y m'semble qu'ça serait l'cas d'en toucher deux mots au conseil micipal, pour à cette fin qu'y n'vienne pas m'chanter pouille un d'ces quatre matins. Par ainsi, j'vas leux envoyer Jean Bidoux : l'conseil est quinvoqué, et d'main y f'ra jour. En attendant, monsieur l'comte, j'ai un lit à vot' service, et on va couper l'cou à que'ques poulets.

— Mais pensez-vous que votre conseil municipal comprenne ?...

— Soyez tranquille; j'lui expliquerai ça comme il faut. D'abord c'est à savoir qu'y a un complot.... c'est clair ça! un complot au moyen d'quoi la France est au carcan.... heim?... Moi, voyez-vous, j'suis pas malin, mais j'ai d'la mémoire, c'qui dispense d'écrire. D'après ça, y s'agit de couper la tête au complot, qui doit passer dans l'canton d'ici à d'main soir.... Vous n'm'avez dit ça qu'une fois, et je l'sais sur l'bout du doigt.

Guibard comprit bien vite qu'il n'avait rien à redouter de l'intelligence de ces braves gens, et, comme il était très-fatigué, il accepta de grand cœur le souper et le gîte qui lui étaient offerts.

— Allons, Marianne! s'écria le maire, la broche, mon enfant.... Toi, Jeannette, mets la table dans la grande salle.... La grande salle, monsieur le comte, c'est comme qui dirait la maison commune ou l'Hôtel-de-Ville; en cas d'mariage, les mariés n'en sortent qu'pour aller s'coucher : mon bureau sert d'ralonge à la table et d'orchestre au ménétrier.

Guibard ne pouvait s'empêcher d'admirer ces mœurs patriarcales que la civilisation s'efforçait de corrompre; il fit tous ses efforts pour mettre son esprit à la hauteur de celui de ses convives; mais ce fut inutilement : à chaque instant cette civilisation le prenait pour ainsi dire à la gorge, et lui faisait crier merci. Il sentait que, malgré lui, il appartenait à ce monde de corruption ; les vieilles habitudes l'emportaient sur les sensations nouvelles, et il était maintenant arrivé trop loin pour qu'il lui fût possible de retourner sur ses pas. Il riait pourtant, mais d'un rire dédaigneux, causé par la contraction. Il lui semblait que les paysans au milieu desquels il se trouvait valaient davantage que lui, et cependant il affectait avec eux, et sans pour cela se faire violence, un air de supériorité qu'on ne lui contestait pas.

— Décidément, se disait-il en se couchant, le terme moyen sera toujours une sottise ; il faut qu'une porte soit ouverte ou fermée, et, après tout, il vaut mieux être mangeur que mangé.

Là-dessus, le vieux forçat s'endormit tranquillement, et ne s'éveilla que fort tard, le lendemain.

Cependant Jean Bidoux, d'après les ordres de M. le maire, avait convoqué le conseil municipal, lequel conseil, s'imaginant
qu'il s'agissait d'ordonner une battue aux
loups, ou quelque autre chose semblable,
se trouva au grand complet, dès le matin,
dans la grande salle de M. le maire. Alors
l'estimable magistrat ouvrit la séance, et
s'exprima si clairement que personne n'y
comprit rien; ce qui était fort heureux pour
Guibard, qui arriva au moment où une discussion orageuse venait de s'élever à l'occasion de certains mots prononcés par le maire,
et que personne ne comprenait plus que lui.

— Messieurs, s'écria-t-il en entrant dans
la salle des séances, ce n'est pas quand la
patrie est en danger qu'il convient de discu-
ter sur les mots. D'ailleurs je dois vous prévenir
que toute délibération serait regardée comme
acte séditieux. Dans les circonstances graves
où nous nous trouvons, le plus pressé est

d gir.... Vous me direz que votre commune n'est pas riche, je le sais, et je le sais parce que le ministre me l'a dit. Son excellence a mieux fait; elle m'a chargé d'examiner quels sont les besoins de cette commune bien pensante, et voici mille écus que je suis chargé de remettre à l'honorable conseil municipal pour en faire tel usage qu'il lui conviendra.

A ces mots, Guibard jeta cent cinquante louis sur le bureau de M. le maire; et, au même instant, le conseil municipal décida, à l'unanimité, que trente hommes bien armés seraient mis immédiatement aux ordres de M. le comte de la Guibardière, conformément aux ordres ministériels, dont ledit comte de la Guibardière était porteur.

— Maintenant, dit le maire, il n'y a plus qu'une chose qui m'embarrasse; c'est de savoir où je trouverai les hommes armés que nous venons de voter.

—C'est, ma foi, vrai, dit l'adjoint; je n'y avais pas songé.

— Quoi! s'écria Guibard, n'avez-vous pas une garde nationale?

—Certainement, que nous en avons une... et une fameuse.... sur le papier.... Mais, quant aux hommes, c'est autre chose; ils prétendent que, pour être soldats vingt-quatre heures, il leur faut des fusils toute l'année : or nous n'avons que six fusils pour deux cents hommes.

— Qu'importe? dit Guibard; dans les grandes occasions, il ne faut prendre conseil que de son courage, et c'est ce que je fais en ce moment. Armez votre monde de faux, de fourches et de fléaux; surtout faites-leur comprendre que le gouvernement est pour eux, et qu'ils ne courent pas le moindre danger.

— Messieurs, s'écria l'adjoint, la patrie

est la patrie, et moi je suis l'adjoint de monsieur le maire; en conséquence, je me mets
à la tête des troupes.

— Eh! mon garçon, dit le maire, où sont-
elles tes troupes?

— Courez au clocher de l'église, faites
sonner le tocsin. Aux armes, citoyens!...
C'est que je me rappelle le bon temps,
voyez-vous!

— Monsieur l'adjoint, s'écria Guibard, au
nom de son excellence, je vous fais cheva-
lier de la Légion-d'Honneur!...

— Eh! allez donc, vous autres! avez-vous
pas peur que le complot ne vous mange?...
Moi, je suis pour le gouvernement, sacré
nom! Le gouvernement, voyez-vous, c'est
le fort des honnêtes gens.... quand ils ont
la croix d'honneur surtout. Messieurs, je

propose de voter à l'unanimité des remer-
cîmens à monsieur le comte pour l'honneur
qu'il a fait à monsieur votre adjoint en particulier, et au conseil en général, au moyen
des mille écus et de la croix d'honneur....
D'abord, moi, je me mets à la tête des
braves!....

— Je n'attendais pas moins de vous! s'é-
cria Guibard.... Allons, monsieur le maire,
j'ai encore quelques croix en réserve, il ne
tient qu'à vous d'en détacher une; mais vous
n'avez pas un instant à perdre; car je n'ai
pas encore un homme des trente que je vous
ai demandés.

Il n'en fallait pas tant pour mettre tout le
village en rumeur : en moins de vingt minutes, le bruit se répandit qu'un grand personnage donnait la croix à qui voulait le
suivre. On réunit donc, sans beaucoup de
difficulté, trente guerriers dont moitié se

trouva armée de fusils de chasse, et l'autre moitié de faulx et de fourches, quelques-uns même de bêches, de couperets, etc.; mais tout fut trouvé bon, et les hommes pleins de bonne volonté; car on racontait déjà des merveilles de la générosité de monsieur le comte de la Guibardière. Ce fut bien autre chose quand Guibard eut fait mettre un tonneau de vin à la disposition de ces braves gens; on but cent fois à la santé de monsieur le comte; on jura de lui obéir et de le suivre partout où il lui plairait de conduire cette troupe fidèle.

— Vive monsieu l'comte!... Honneur à monsieu l'comte!..... Victoire à monsieu l'comte!... Tout pour monsieu l'comte!...

Guibard mit l'enthousiasme au comble en jetant sur la table à peu près autant de pièces d'or qu'il avait de soldats :

Mes amis, dit-il, il n'est pas juste que l'on

s'embarque sans biscuit, et, quoique je n'aie pas l'intention de vous mener bien loin, on peut avoir besoin de se rafraîchir ; voici pour les rafraîchissemens.

Alors ce ne fut plus de la joie, mais du délire. On trépignait ; les pièces furent empochées plus vivement encore que les verres n'avaient été vidés ; et Guibard, jugeant le moment favorable, donna le signal du départ.

La troupe, en tête de laquelle marchaient le vieux galérien et l'honnête adjoint, revêtu de l'écharpe qu'il avait empruntée au maire, arriva bientôt sur la grande route ; Guibard prit position dans un lieu convenable, et fit faire halte. Il n'était pas sans crainte sur le refroidissement possible de l'enthousiasme; mais heureusement on n'attendit pas long-temps : au soleil, qui venait de se coucher, succédait le crépuscule, lorsque les yeux per-

çans de Guibard reconnurent, à une distance
encore éloignée, les forçats au milieu desquels Georges se trouvait.

— Aux armes! mes amis, dit-il, voici l'instant de vous montrer.

— Mais je ne vois personne, dit l'adjoint.

— Regardez par ici.... Tenez.... Voyez-vous
maintenant?

— Dame! je vois la chaîne; un tas de bandits comme il en passe par ici tous les deux
ou trois mois, pour aller aux galères à Brest.

— Ah! vous prenez ça pour.... Au fait,
c'est naturel.... Il est clair que ça doit vous
faire cet effet-là, parce que vous ignorez....

Eh bien! monsieur l'adjoint, ce que vous
prenez pour la chaîne est justement l'âme

du complot en question.....C'est extraordinaire, n'est-ce pas? je le crois parbleu bien!
ce sont là de ces choses qu'on ne voit pas
tous les jours....Soyez sûr de ce que je vous
dis... D'ailleurs j'ai là les ordres des ministres :
*Il est ordonné à toutes les autorités civiles et
militaires*, etc.

— Je n'ai pourtant pas la berlue; je vois
bien la chaîne et les gardes.

— Mon Dieu! qui est-ce qui vous dit le
contraire? Vous voyez une chose qui a l'air
de la chaîne, et vous dites : Voici la chaîne;
c'est bien naturel; mais, moi, je vous dis que
ce qui a l'air d'être la chaîne n'est pas la chaîne, et j'ai l'honneur de rappeler à monsieur
l'adjoint, membre de la Légion-d'Honneur,
qu'*il est ordonné à toutes les autorités civiles
et militaires*..... Ainsi, soyez tranquille; exé-
cutez mes ordres, et vous verrez....Je ne vous
dis pas ce que vous verrez, afin que vous
jouissiez de la surprise.

L'adjoint ne pouvait manquer de trouver ces raisons excellentes, car il n'y comprenait rien. Il renouvela donc les protestations d'obéissance et de dévouement, et Guibard, après avoir fait ranger sa troupe en bataille, s'avança vers le cordon, toujours accompagné de l'adjoint, sur la présence duquel il comptait un peu pour intimider son adversaire.

— Halte là! s'écria-t-il quand il fut à la portée de la voix.

La chaîne et son escorte s'arrêta, et Guibard s'avança encore de quelques pas avec l'adjoint.

— Capitaine, dit-il, vous voyez que je suis homme de parole..... Bas les armes, ou vous êtes mort!

En parlant ainsi il tenait un pistolet de chaque main, et indiquait du geste ses trente hommes rangés en bataille.

— Ah! vieux scélérat! dit le capitaine,
c'est encore là un de tes tours!

— Compagnons! s'écria Guibard en s'a-
dressant aux forçats, du courage! faites usage
de vos fers.... de vos pieds, de vos bras, de vos
dents! Ferme sur la chanterelle, et vous êtes
libres!....

— Et tu ne le seras pas, toi, car le diable
va te prendre, dit le capitaine.

Et à ces mots il fit feu presque à bout portant sur Guibard, qui tomba en ordonnant
à son monde de charger. Mais, par malheur,
la digestion commençait à se faire, l'enthousiasme tombait, et il se trouva que, sur
quinze fusils, quatorze étaient sans pierre et
le quinzième n'avait pas de chien. L'adjoint,
qui avait entendu siffler la balle, s'enfuit à
toutes jambes, la troupe entière en fit autant,
et Guibard fut abandonné. Fort heureuse-

ment, il n'avait pas perdu connaissance ; il
se releva donc vivement, et, à la faveur de
l'obscurité, il parvint à gagner un bois voisin,
où il passa le reste de la nuit. Au point du
jour, il revint sur le grand chemin, et, malgré
la blessure grave qu'il avait reçue, il prit
place dans la première voiture publique
qu'il aperçut.

— Et puis, disait-il en se serrant la poitrine avec un mouchoir à l'endroit où la
balle avait pénétré, que tous ces imbéciles
dont le monde pullule viennent donc
encore me parler de la Providence !....Bona-
parte avait raison : la Providence est pour
les gros bataillons, et je suis seul !....

CHAPITRE DIX-SEPTIÈME.

XVII.

NOUVELLE CONNAISSANCE.

L'ESPÉRANCE faisait battre délicieusement
le cœur de Justine; il lui semblait qu'elle
touchait au terme de tous ses maux; elle
savait ce que pouvait la volonté ferme de
Guibard, et il lui semblait presque impossi-

ble qu'il ne réussît pas, quelque périlleuse
que fût l'entreprise qu'il avait conçue. Elle
comptait les heures; il lui semblait que chaque instant qui s'écoulait la rapprochait de
Georges. Cette fois elle était bien décidée à
quitter la France avec l'infortuné Valmer;
après avoir tant souffert, elle espérait trouver
le bonheur sous un ciel étranger, et elle faisait, pour un avenir qui lui paraissait pro-
chain, des projets à perte de vue qui l'aidaient
à tromper son impatience.

Huit jours s'écoulèrent ainsi, puis l'inquiétude vint. Guibard n'avait-il pas échoué?
n'était-il pas plus raisonnable de craindre
que d'espérer quand il s'agissait de vaincre
des difficultés si grandes, de braver tant de
dangers? voilà ce que se demandait l'orpheline, et elle se laissait aller à la tristesse;
mais l'espérance revenait bientôt, et chaque
soir elle se disait : — C'est peut-être pour
demain!

Enfin Guibard parut, mais il était seul. son visage était pâle; ses yeux, si vifs, semblaient éteints; il se soutenait avec peine.

—Mon enfant, dit-il d'une voix que la douleur altérait, il n'y a rien de nouveau; je n'ai réussi qu'à me faire mettre une balle dans le ventre; et ce n'est pas pour moi que j'en suis fâché, car ma carcasse est trop vieille pour que j'y tienne beaucoup; mais c'est pour ce pauvre Georges, qui doit être arrivé maintenant, et auquel mes efforts pour le délivrer auront valu la double chaîne.

—O mon Dieu! vous m'abandonnez donc!

— Ne parlez donc pas de ça; les affaires de ce monde n'ont rien de commun avec celles de l'autre; et d'ailleurs, parce qu'il ne me reste plus qu'à me faire enterrer, ce n'est pas une raison pour que Georges reste où il est.... Ah! si je n'avais pas cette chienne de

balle, et que vous pussiez me prêter votre
joli minois, seulement pour quinze jours....
Mais à présent je ne puis plus vous donner
que des conseils : n'oubliez donc pas, mon
enfant, qu'une jolie femme est une puissance..... une puissance capable de faire flé-
chir toutes les autres.... Il est vrai que cela
dépend de la manière de s'en servir....

—Au nom du ciel ! que faut-il faire?

— Presque rien : il s'agirait seulement de
bien vous persuader que vous êtes belle
comme un ange, et que Georges souffre
comme un damné.

— De grâce, mon cher Guibard, expliquez-vous!

—Ma foi, ça me paraît clair : il s'agit de
vous persuader que vous pourrez tout ce
que vous voudrez; reste à savoir si vous
voudrez tout ce que vous pouvez. Or, mon
enfant, il y a une chose que les hommes en

général, et les grands fonctionnaires en particulier, entendent toujours avec plaisir, à
savoir les paroles qui sortent d'une jolie
bouche.

—Ainsi vous me conseillez de solliciter
la grâce de Georges?....

— Et je suis sûr que vous l'obtiendrez, si
vous le voulez. A votre place, mon enfant,
je prendrais la poste dès aujourd'hui, et
j'irais droit à Brest. Une fois là, je remuerais
ciel et terre.... Je harcèlerais les autorités.....
Le commissaire du bagne, par exemple. Cet
homme-là a pour ainsi dire droit de vie
et de mort sur les malheureux dont Georges
fait partie; c'est lui qui, à certaines époques
de l'année, dresse la liste des condamnés
qui lui semblent avoir des droits à ce que l'on
appelle la clémence royale. Si vous parvenez
à faire mettre le nom de Georges l'un des
premiers sur cette liste, le pauvre garçon est

gracié.... Et, je le répète, vous y parviendrez
si vous le voulez : ça vous coûtera quelque
chose; mais vous êtes en fonds... Pour moi,
mon enfant, je vais tâcher de me faire guérir,
et, si j'en viens à bout, nous nous reverrons.

Il partit sans que Justine pensât à le retenir : Georges absorbait toutes ses pensées.

—Oui, je vais partir, dit-elle après quelques instans de réflexion, je te verrai au
moins, mon Georges bien-aimé; tu sauras
que je suis là, que je ne m'occupe que de
toi, et tu souffriras moins. Guibard a raison;
on peut vaincre bien des difficultés avec de
la persévérance. Rien ne me rebutera; j'irai
implorer à genoux la pitié de ces hommes
qui peuvent disposer du sort de Georges; je
leur peindrai ses vertus, ses malheurs, et
s'ils sont humains, s'ils ont des entrailles,
ils me le rendront.

Ce n'était pas tout-à-fait là ce que Guibard avait voulu dire, et Justine le savait bien, mais elle repoussait cette idée de toutes ses forces, afin de s'affermir dans la résolution qu'elle venait de prendre. Ses préparatifs furent bientôt faits. Elle prit tout l'argent que Guibard lui avait laissé, et dès le lendemain elle faisait route dans la malle-poste, en compagnie d'un jeune homme à l'air suffisant, aux manières lestes, au verbe haut, parlant de tout à tort et à travers. Justine fut très-fâchée en apprenant qu'elle aurait ce compagnon de voyage jusqu'à Brest; mais elle ne tarda pas à se réjouir de ce qui l'avait affligée d'abord.

— Madame va à Brest?

— Oui, monsieur.

— Jolie ville, port admirable..... Et puis nous avons le bagne.... C'est fort curieux..... Des galériens qui jouent avec leurs fers.....

22.

Ces gaillards-là sont heureux comme des poissons dans l'eau, depuis que mon père les gouverne....

Justine, qui jusque là n'avait répondu que par monosyllabes fut frappée de ces dernières paroles, et elle s'enhardit assez pour risquer une question.

—Monsieur votre père est.....

—Un excellent homme, et de plus commissaire. Quand à moi on assure que j'étudie la médecine à Paris; il n'y a que moi qui sait le contraire; en conséquence je vais passer les vacances sous le toit paternel. Ça n'est pas excessivement amusant; mais il faut bien se reposer un peu.... Madame n'est pas de Brest?

—Non, monsieur, je n'y connais personne.

—Alors, si madame veut le permettre, je

serai son *cicerone* : nous visiterons tout ce
qu'il y a de curieux.

—C'est trop de complaisance....

—C'est convenu, n'est-ce pas ?..... D'ailleurs vous ne pouvez pas mieux tomber :
vous comprenez que le fils d'un fonctionnaire public pénètre partout.... Parbleu ! il
faut convenir que le hasard me traite en
enfant gâté..... J'espère, ma charmante compagne, que vous ne vous ennuierez pas.

Justine crut reconnaître la main de la
Providence qui aplanissait les difficultés
qu'elle n'avait espéré de vaincre qu'avec
beaucoup de peine.

—J'aurai bien peu de temps à donner au
plaisir de la promenade, monsieur reprit-
elle. Je suis appelée à Brest par l'intérêt que je
prends à une personne qui m'est bien chère,
et qu'une condamnation terrible autant
qu'injuste a frappée.

—Ah! diable! c'est malheureux; mais c'est un peu de mon ressort cela. D'abord, comme j'ai eu l'honneur de vous le dire, mon père est un excellent fonctionnaire; j'en fais tout ce que je veux, et je pourrai vous être utile....

—Ah! monsieur, ma reconnaissance serait éternelle.

Peu à peu, il s'établit une sorte d'intimité entre le jeune homme et Justine. Le troisième jour, Albert, c'était le nom du voyageur, savait une partie de l'histoire de Georges, et il avait promis de s'intéresser vivement au protégé de sa belle compagne de voyage; mais, après chaque promesse il demandait quelque nouvelle faveur : un baiser sur la main, un regard, la permission d'espérer autre chose. Justine regrettait presque de s'être si fort avancée; puis, en pensant qu'il s'agissait de la délivrance de Valmer, elle reprenait courage, espérant qu'il lui serait facile de résister aux prétentions de son protecteur, assez long-temps pour qu'elle n'eût plus besoin de lui.

Les choses en étaient là lorsque l'on arriva à Brest. Justine descendit à un modeste hôtel, et Albert la quitta en promettant de revenir bientôt.

Le premier soin de l'orpheline fut d'écrire à Georges.

« Du courage, bon ami, lui marquait-elle; l'épreuve est terrible, mais j'ai l'espoir qu'elle ne se prolongera pas. Je me sens toute la force nécessaire pour t'arracher de l'abîme où l'on t'a jeté; tous mes instans t'appartiennent. Je ne puis et ne veux m'occuper que de toi. J'arrive aujourd'hui, et j'aurai le bonheur de te voir bientôt. Je souffre déjà moins depuis que je me sens si près de toi. »

Ce n'était pas chose facile que de faire remettre ce billet au condamné ; mais, grâce à Albert, il lui parvint le jour même, ainsi que l'argent que Justine y avait joint, et l'infortuné sentit un rayon d'espérance pénétrer dans son cœur.

CHAPITRE DIX-HUITIÈME.

XVIII.

LE SACRIFICE.

Il y avait près de deux mois que Justine
était à Brest, et ses affaires n'étaient guère
plus avancées que le premier jour. Albert
avait été surpris d'abord, puis il s'était in-
digné de ne pouvoir rien obtenir de cette

femme à laquelle il pouvait tant accorder;
cette pensée blessa son amour-propre, heurta l'opinion que ses succès auprès des gri-
settes de Paris lui avaient donnée de son
mérite.

— Mais c'est incroyable, se disait-il, il
n'en faut pas davantage pour perdre un
homme de réputation. Comment! j'aurai eu
en trois jours deux danseuses de la Gaîté et
une comtesse au bal de l'Odéon; toutes ces
conquêtes ne m'auront coûté que quelques
déjeuners, un ou deux spectacles, et cette
petite précieuse me tiendra en échec pendant trois mois ! C'est vraiment par trop
fort... Décidément, ma belle amie, nous allons vous pousser dans vos derniers retran-
chemens, je serai inexorable..... Ce n'est
qu'une fantaisie; mais que diable ferait-on
en province si l'on n'avait pas de ces fantai-
sies-là, ou si elles étaient toutes aussi difficiles à satisfaire? Il est vrai que la difficulté

donne un certain charme, y ajoute un
je ne sais quoi qui vaut son prix........... Mais
il ne faut pas que cela traîne trop en lon-
gueur.

Définitivement nous allons frapper le
grand coup, lâcher le *sine qua non !*

Justine cependant ne perdait pas courage;
déjà, à plusieurs reprises, elle avait pu voir
Georges et lui parler, et chaque fois elle
n'avait rien négligé pour le consoler, en
lui faisant espérer un prompt adoucissement
aux maux qui l'accablaient. Oh ! comme elle
avait souffert à la vue de son bien-aimé
traînant une lourde chaîne au milieu de ces
êtres dégradés auxquels pour la plupart il
ne restait plus rien de l'homme ! Et Georges
non plus n'était désormais pas compté pour
un homme; il n'était plus Georges Valmer,
il était le galérien n° *tant.* L'âme de la pauvre fille se brisait en pensant aux tortures

qu'endurait celui que son cœur adorait; tortures de chaque jour, de chaque instant, et qui devaient durer toujours ! Quelquefois ces tristes pensées accablaient Justine; puis, tout-à-coup, elle se sentait une force surnaturelle, et il lui semblait impossible qu'elle ne parvînt pas à sauver celui qu'elle aimait si tendrement. Cette exaltation durait peu; la vue d'Albert, un mot de ce jeune fât suffisaient pour détruire cette confiance; car elle savait maintenant à quel prix était attaché le service qu'il pouvait lui rendre.

— Ma fidèle et tendre amie, lui dit Georges la dernière fois qu'elle put pénétrer jusqu'à lui, songe à toi, ne t'épuise pas en efforts inutiles, je n'espère plus, et je sens que mes forces m'abandonnent; l'horrible supplice que j'endure finira bientôt.

— Au nom de Dieu ! Georges, toi qui es mon frère bien-aimé, ne te laisse pas abat-

tre!... Tu me conseilles de vivre, et tu veux
mourir!. Est-ce que ta mort ne serait pas la
mienne? est-ce que mon âme peut être séparée de ton âme?.... Non, tu ne périras pas
dans cette horrible lieu, Georges; je te sauverai....... oui je te sauverai!...

D'abondantes larmes coulaient sur les
joues de l'orpheline ; mais sa voix était
ferme et une sorte d'enthousiasme animait
son noble visage.

— Mais cela est impossible, dit tristement
Valmer; mes évasions, les tentatives qui
ont été faites par Guibard pour m'enlever
d'ici m'ont rendu l'objet d'une surveillance
rigoureuse et spéciale; j'ai tout pesé, tout
examiné : la fuite est impraticable; quant
aux grâces qui s'accordent chaque année, il
n'y faut pas compter; on n'est ordinairement porté sur le tableau qu'après un long
séjour dans cet enfer, et encore ce bienfait

n'est-il accordé qu'aux créatures de quelques fonctionnaires. Ainsi, tu le vois, nous nous bercions d'espérances chimériques. Mais quand on souffre on a besoin de croire à un monde meilleur........ Nous nous y réunirons, Justine; c'est le seul espoir que je puisse conserver.

— Et moi je veux que tu espères autre chose, mon ami!... Je le veux; je te le commande!... O toi, que j'aime plus que la vie, je t'en conjure, rappelle ton courage; Dieu ne nous abandonnera pas.

A ces derniers mots, un sourire amer erra sur les lèvres du condamné. Il prit la main de Justine, la pressa tour à tour sur ses lèvres et sur son cœur, et répondit :

— Je vivrai, puisque telle est ta volonté et je souffrirai moins en pensant que j'obéis à tes ordres.

De retour à son hôtel, Justine trouva Albert qui l'attendait.

— Charmante créature ! je mourais d'impatience.

— Vous êtes toujours galant, monsieur Albert.

— Oui, je l'avoue.... le fait est que je m'en tire assez bien...... mais il faut convenir qu'auprès de vous ça ne m'avance pas à grand'chose.... Vous savez ce que j'ai fait pour vous, ce que je peux obtenir encore, et cependant....

— Je serai éternellement reconnaissante...

— Ah ! oui ! toujours le même refrain : de la reconnaissance, c'est tout ce que vous avez à offrir à un homme qui vous adore....

— Je vous en ai instruit ; mon cœur n'est plus libre.

II.   23

— C'est cruel, parole d'honneur! c'est de la dernière barbarie!... Comment est-il possible qu'avec tant de charmes, tant d'appas, tant de grâces.... A propos de grâce, vous savez, le tableau dont nous avons parlé, c'est demain qu'on le dresse.... Comment trouvez-vous le jeu de mot?...... le calembourg? Heim? mauvais! détestable! mais c'est venu naturellement.

— Que dites-vous?... Quoi! demain....

— Eh bien! qu'y a-t-il donc là d'extraordinaire? Est-ce qu'il ne faut pas que ça se fasse? C'est moi qui serai chargé du dépouillement des notes; mon père est très-content que je m'en occupe, et alors....

— Oh! monsieur Albert, vous ne serez pas insensible à mes prières, à mes larmes...

— Non, certainement; d'abord je suis très-sensible naturellement; mais, femme divine, vous sentez que l'amour impérieux que j'éprouve pour vous m'ôte la force de renoncer à mes avantages....,

— Vous ne parlez pas sérieusement, monsieur Albert; non, cela est impossible.

— Très-sérieusement, je vous jure. Il ne tient qu'à vous que votre protégé soit placé en tête du tableau avec des recommandations soignées, tapées dans le bon style, de ces notes qui n'ont jamais manqué leur effet. Et pour cela, qu'est-ce que je vous demande?... cette grâce, celle de ne pas vous quitter d'ici à demain...

— Oh! c'est horrible, monsieur!... si jeune encore et si corrompu!...

— Allons, trop séduisante prêcheuse, ne nous fâchons pas et n'en parlons plus. Au fait, il serait mal de faire un passe-droit de cette nature; il y a là tant de pauvres diables

23.

qui attendent leur tour depuis dix, quinze, vingt, et même vingt-cinq ans....

Justine était dans la plus violente agitation; la dernière planche de salut allait lui échapper; encore quelques instans et Georges était perdu sans retour.

— Albert, s'écria-t-elle tout-à-coup, je suis riche, beaucoup plus riche que vous ne l'imaginez. Mettez un prix à la faveur que je sollicite.... Que vous faut-il? Tenez, voici de l'or,... beaucoup d'or;.... il vous appartient.

A ces mots elle tira d'un meuble un sac rempli de pièces de vingt francs, et le vida avec bruit sur une table. Le jeune homme demeura quelques momens interdit; mais, après un léger combat, l'amour-propre l'emporta sur les autres sentimens.

— Madame, dit-il, remarquez, je vous supplie, que ce n'est pas moi qui ai pensé que votre possession pouvait être évaluée à prix d'or, et veuillez trouver bon que la compensation ne me paraisse pas suffisante. Encore un seul mot : si votre porte m'est ouverte ce soir, demain je tiendrai mes engagemens; mais il serait inutile de me recevoir pour me faire d'autres conditions; car, pour la dernière fois, ce bonheur, qu'il faut que j'obtienne de vous, ne peut être compensé par aucune valeur.

Il sortit, et laissa l'orpheline en proie à des tortures morales, plus violentes que toutes celles qu'elle avait endurées jusqu'alors.

— Non, non, disait-elle en joignant les mains, et levant les yeux vers le ciel, je ne me souillerai point.

Elle se représentait Georges expirant de misère et de désespoir, faisant, dans son

agonie, des efforts impuissans pour se débarrasser des fers, dont on ne séparerait
son cadavre que pour le jeter dans une fosse
où se confondent les restes de plusieurs mil-
liers de criminels.

— Pourtant je peux le sauver, reprenait-
elle; je puis le rendre à la vie et au monde....
Mon Dieu! mon Dieu! pardonnez-moi!...
Oh! je mourrai bientôt, car je ne serai plus
digne de lui; mais il vivra; je conserverai
ma place dans son cœur, et il ne me mau-
dira jamais!...

Elle était depuis long-temps dans cette situation d'esprit, et elle n'avait pu se résoudre encore à prendre une résolution, lorsqu'Albert revint.

— Eh bien! enchanteresse, avez-vous
prononcé sur mon sort? Dois-je vous fuir à
jamais et vous maudire, ou dois-je à genoux
implorer que vous ne repoussiez point et

mon amour et la liberté de Georges Valmer.

L'orpheline baissa les yeux vers la terre;
il lui fut impossible de parler, et Albert
s'approcha d'elle; alors une sueur froide
couvrit son visage, son cœur cessa presque
de battre; elle crut qu'elle allait mourir, et
elle en bénissait l'Éternel; elle s'évanouit.....
Georges devait être sauvé. . . . .

. . . .

. . . .

. . . .

Justine de Mellerand, victime du plus su-
blime dévouement, s'était vouée à l'op-
probre..... pour sauver l'homme qu'elle aimait
plus que la vie...... Horreur...... elle portait
dans son sein. . . . .

. . . .

. . . .

CHAPITRE DIX-NEUVIÈME.

XIX.

L'HOSPICE.

Le lendemain, Albert écrivait en tête du tableau des grâces : « Georges Valmer, jeune homme sage, religieux, remplit avec zèle et soumission tous ses devoirs. Nul n'a

plus de droits à la clémence royale, et il serait déplorable qu'une plus longue captivité
permît à la corruption de l'atteindre. Nous
le recommandons de toutes nos forces à
monseigneur le garde des sceaux, ministre
de la justice. »

En même temps Justine recevait la permission de voir Georges. Ce dernier fu-
presque effrayé en la voyant :

— Tu souffres, ma chère Justine, lui dit-
il ; tu n'es pas bien.

— Ce n'est rien, mon bien-aimé.... une
indisposition.... Georges, tu vas être bientôt
libre, j'en ai maintenant la certitude : tu es
le premier sur le tableau.

— O mon Dieu !... Et c'est en pleurant
que tu m'annonces un bonheur aussi ines-
péré !... Pourquoi retirer ta main de la

mienne?... Viens donc que je te presse dans mes bras! Ah! Justine, il se passe en toi quelque chose de bien extraordinaire!

— Mais.... je ne sais.... l'émotion.... Georges, douterais-tu de mon amour?... Oh! ce malheur serait plus affreux que tous les autres!

— Non, non!... Est-ce que je vivrais si j'en pouvais douter?... Je suis injuste : est-il étonnant que ta santé soit altérée? la mienne l'est bien, et j'ai peut-être moins souffert que toi... Viens sur mon cœur, mon ange tutélaire!

Pendant qu'il la couvrait de baisers, la pauvre fille faisait des efforts inouïs pour retenir les sanglots qui l'étouffaient.

—Je vais partir, dit-elle enfin; aujourd'hui même je retourne à Paris. Il ne faut rien

laisser au hasard : j'irai au ministère de la
justice, à la direction des grâces ; je sollici-
terai ; j'activerai autant que je le pourrai, par
mes prières, si on veut bien les entendre,
et par des présens, si on veut les recevoir.
J'espère **actuellement** que le courage ne te
manquera plus.

Georges avait presque oublié tous ses
maux ; il n'en recouvra le sentiment qu'en
se séparant de Justine, qui ce jour-là même
partit pour la capitale, où elle arriva bientôt,
mais triste et souffrante. Elle ignorait la retraite de Guibard, dont les conseils auraient
pu lui être d'un grand secours pour les démarches qu'elle se proposait de faire ; et elle
espérait trouver chez elle quelque lettre de
ce singulier personnage ; il n'avait point
écrit, et il n'avait même pas reparu.

Forcée de s'en tenir à ses propres lumières,
Justine commença ardemment toutes sortes

de démarches; mais l'infortunée ne tarda pas à perdre le repos, la santé, la raison : elle frémit..... quoiqu'elle ne reconnût point à quel prix elle avait payé la liberté de Georges ! Un mal affreux la dévorait ; ses yeux perdirent leur éclat, son teint devint livide, ses dents se noircirent, ses cheveux tombèrent, elle se flétrit entièrement, et une maigreur horrible remplaça cet air de jeunesse et de santé. L'ignorance d'abord, et ensuite une timidité insupportable, l'empêchèrent, dans les premiers temps, d'avoir recours à un médecin : la maladie fit des progrès effrayans, et, lorsque, accablée, elle réclama enfin les secours de l'art, sa mauvaise étoile la jeta dans les mains d'un misérable qui, profitant de son inexpérience et de sa bonne foi, lui vola ce qui lui restait d'argent et ne la guérit pas. La pauvre fille fut bientôt en proie au plus violent désespoir; elle appelait la mort à grands cris; son corps était devenu hideux. Pour

comble de douleur, ceux qui l'avaient soi-
gnée l'abandonnèrent dès qu'elle n'eut plus
de quoi solder leurs visites.

Cependant quelques voisines de cette infortunée en eurent pitié.

—Voyez un peu, madame Gerbois, disait
l'une d'elles, c'est-y pas une horreur que de
mettre une jeunesse dans un état pareil?....
Dieu! que ces coquins d'hommes sont incon-
séquens!

—Ah! dame! les jeunes gens du jour d'aujourd'hui sont si mal appris!... ça n'a pas
plus de religion que dessus ma main....

—Mais c'est qu'elle a l'air honnête tout
plein c'te pauvre fille. C'est-y pas malheureux
d'être subtilisée à ce point-là?

—D'autant plus malheureux que la voilà
sans sou ni maille; et elle a tout-à-fait ven-

du pièces à morceaux; il ne reste plus que les gros meubles qui sont pour le propriétaire bien entendu, parce qu'un propriétaire ne doit jamais perdre ses droits; c'est juste.

—Voyez pourtant!... On va donc la laisser mourir comme une pauvre abandonnée?..... Ça ne sera pas! et ça ne sera pas, parce que ça ne doit pas être. L'hospice n'est pas fait pour des chiens. Qu'est-ce que vous en dites, madame Gerbois? Est-ce qu'elle n'y serait pas mieux qu'chez elle? Tenez, si vous voulez, nous allons lui en toucher deux mots. C'est un acte de charité; et, si le cœur lui en dit, on pourra se cotiser pour avoir un fiacre.

Les deux commères entrèrent chez Justine, qui était dans une situation déplorable.

—Mon enfant, lui dit madame Gerbois, on ne meurt pas pour mal avoir; mais il est certain que vous ne pouvez pas guérir chez vous, c'est pourquoi moi et madame Rigaud...

— Mon Dieu! interrompit cette dernière,
faut pas tant tourner autour du pôt. Nous
allons vous conduire à l'hospice, si vous
voulez. Dieu merci, il n'manque pas de médecins là! il y en a que c'est une bénédiction,
et des plus huppés encore, sans compter les
portions calmantes qui n'coûtent rien, c'qui
est toujours bien plus agréable.

—L'hôpital! l'hôpital! cria Justine en cou-
vrant avec ses mains ses yeux dépouillés de
cils; ô mon Dieu! c'est à l'hôpital qu'il faut
aller mourir!

— La! la! calmez-vous, mon enfant; on
n'meurt pas pour si peu; et si vous d'vez en
revenir ça s'ra aussi bien là qu'ailleurs.

— Allons, ma chère amie, reprit madame
Gerbois, il faut être raisonnable.... Nous allons faire venir une voiture; ça ne vous
coûtera rien, et nous ne vous quitterons
que lorsque vous serez dans un bon lit, avec

de la tisane sur la planche, et tout ce qui est nécessaire pour votre santé.

Les deux bonnes femmes sortirent; Justine était anéantie; les tortures physiques et morales qu'elle endurait étaient trop vives pour qu'il lui fût possible de les supporter long-temps : aussi tomba-t-elle bientôt dans une espèce de marasme plus terrible encore que ses douleurs. Le fiacre arriva, on y porta la malade; les deux voisines se placèrent à côté d'elle et la soutinrent de leur mieux; la pauvre fille s'évanouissait à chaque instant, et l'inquiétude des commères était grande.

— Ah! mon Dieu! disait l'une, elle s'en va comme une chandelle!

— Si elle allait passer dans nos mains!....

— C'est vot'faute aussi, mame Rigaud; v'là

24.

c'qu'on gagne à s'mêler de c'qui nous r'garde
pas.... Heureusement que j'ai pris ma bouteille au vinaigre....

— Ma faute à moi ! eh bien ! en v'la encore une nouvelle..... C'est ma faute si c'te
jeunesse a été subtilisée par un quelqu'un
sans délicatesse..... On a d'la charité, mame
Gerbois, et on n's'en cache pas.

— Ah ! mon Dieu ! j'crois qu'y n'a pus
pèrsonne... Nous v'là dans d'beaux draps avec
vot' charité!...

— Donnez-moi donc la bouteille....... Ferme ! frottez-lui les tempes.... le goulot sous
le nez..... C'est ça...., la voilà qui revient tout
doucement; et nous arrivons.

En effet, la voiture s'arrêta, et Justine fut
déposée dans une salle d'entrée, où elle fut
mise sur un brancard, sur lequel était un

matelas. Après qu'elle fut visitée, on jugea son admission urgente, les bonnes femmes la quittèrent en la recommandant à Dieu, et s'éloignèrent. Pour l'intéressante victime, elle fut emportée dans une salle immense dont presque tous les lits étaient occupés, et où se promenaient quelques fantômes lépreux que la tombe semblait réclamer. Justine était très-faible et presque insensible; de sorte que ce dégoûtant spectacle fit peu d'impression sur elle. On la mit dans un lit; on inscrivit son nom, son numéro, et on la laissa abandonnée à son malheureux sort.

C'est si peu de chose qu'un malade de plus dans un hôpital à Paris, que personne ne fit attention à la pauvre fille. On ne songea pas à lui procurer le moindre soulagement: il fallait attendre la visite des médecins. L'heure de cette visite étant venue, les plaies de l'infortunée furent mises à nu, examinées, sondées par des hommes qui ne

semblaient pas même entendre les gémisse-
mens de la moribonde.

— Qu'en pensez-vous ? dit l'un.

— Je pense qu'il n'y faut pas penser.

— Cela pourrait fournir quelques obser-
vations.

— Nous n'aurons pas le temps de les
faire.

— Vous croyez....

— Je crois qu'il n'en sera plus question
dans trois jours.

Justine entendait parfaitement cet épouvantable colloque.

— Pour Dieu ! dit-elle d'une voix dé-
faillante, faites-moi mourir de suite; trois
jours, c'est un siècle de tourmens.....

Les deux disciples d'Esculape lui tournè-
rent le dos, et passèrent à un autre lit, sans
songer seulement à lui faire entendre un
mot de consolation.

Quelques instans après une religieuse
apporta une potion à Justine.

— Ma fille, lui dit-elle, la miséricorde divine est grande; il ne repousse pas les pé-
cheurs qui reviennent à lui. Dans la situation où vous êtes, il serait prudent de vous
mettre en état de grâce.

— Je ferai tout ce que vous voudrez.......
Trois jours ! et mourir sans revoir Georges.

— Que dites-vous donc, ma fille ? pense-
riez-vous encore.....? Je sens bien que vous
avez de grandes raisons pour ne pas oublier les malheureux qui ont partagé vos
erreurs, et vous ont précipitée dans l'abîme;

mais il n'en faut pas moins vous réconci-
lier avec le bon Dieu, et ne penser désormais
qu'à l'éternité.... L'aumônier de la maison
est un saint homme qui vous mettra dans la
voie du salut.... Voulez-vous qu'il vienne ?

— Je le veux bien.

— Faites votre examen de conscience.

Cet examen était facile; la pauvre enfant
n'avait jamais fait de mal; et elle pouvait
rendre à l'Éternel son âme aussi pure qu'il
la lui avait donnée. Mais son affreuse situation empirait à chaque instant; les crises se
succédaient et devenaient de plus en plus
intenses.

— Le monstre articulait Justine d'une
voix faible, quel sort il m'a réservé?...
O mon Dieu! qui vois mes souffrances, dai-
gne au plus tôt me rappeler vers toi. Je te
demande pardon des fautes que j'ai pu com-

mettre involontairement. Jette un regard de miséricorde sur la plus malheureuse de tes créatures, prends en pitié mes misères, mes douleurs et ma résignation? Être tout-puissant, tu le sais, je meurs flétrie, avilie, pour avoir fait une œuvre méritoire à tes yeux : que ta sainte volonté s'accomplisse, ô mon divin Sauveur, je la respecte et cesse de me plaindre; reprends mon âme, faite pour t'adorer au-delà de cette terre où ma vertu persécutée a été la proie de toutes les tortures! Hélas! mes tristes jours se sont écoulés dans les larmes.... Mais ma voix s'é-teint, je me sens défaillir.... Je te bénis, ô mon Dieu! toutes mes souffrances vont finir... Je vais mourir... Ah! reçois mon âme en état de grâce!... J'ai tant subi de maux.... Ici Justine se tut; ses paroles se voilèrent, sa fin était proche; en ce moment le prêtre arriva, il se pencha vers elle.

— N'est-il pas vrai, mon enfant, lui dit-il

que vous demandez à Dieu le pardon de vos
fautes?

La voix de cet homme produisit sur la
mourante l'effet d'une pile galvanique; ses
yeux s'ouvrirent; mais ils étaient hagards;
elle fit un violent effort, souleva sa tête de
dessus l'oreiller, et tendit vers le prêtre sa
main décharnée. L'aumônier lui donna
l'absolution; avant qu'il eût achevé la for-
mule, Justine avait rendu le dernier soupir.

CHAPITRE VINGTIÈME.

24.

XX.

UNE GRACE.

CEPENDANT Georges avait recouvré sa liberté; grâce pleine et entière lui avait été
accordée; il revenait à Paris, ivre d'amour
et de joie. Une chose cependant venait trou-
bler de temps en temps son bonheur; il ne

pouvait concevoir que Justine, depuis qu'elle avait quitté Toulon, ne lui eût pas donné de ses nouvelles; il se rappelait la tristesse inexplicable qu'il avait remarquée en elle, au moment même où elle lui donnait l'assurance que tous leurs maux allaient finir; mais ces réflexions ne faisaient qu'accroître son impatience, et, comme par les soins de Justine, il avait une bourse bien garnie, il courait en poste jour et nuit. Il arrive enfin, et, le cœur agité à la fois par l'inquiétude et la joie, il court au domicile de Justine, son ange libérateur.

Ah! oui, lui répondit la portière à laquelle il s'adressa, je sais ce que vous voulez dire.... Pauvre jeunesse!... Ça nous a fait joliment de la peine.

Et qu'est-ce que vous y ferez à son logement, puisqu'il n'y a plus personne?

— Au nom de Dieu, expliquez-vous.... parlez-vite.... où est-elle?

.Dame! elle est où on est quand on a de ces maladies-là, et qu'on n'a plus de quoi payer son médecin et son propriétaire..... à l'hospice du midi.

— Justine est à l'hôpital! Quelle est sa maladie?..... Oh! mon Dieu! là tête me brûle; je sens mon crâne qui se brise......

— Dès que je vous dis qu'elle est à l'hospice du Midi, autrement dit *aux Capucins*, vous devez bien comprendre que ce qu'elle a elle ne l'a pas attrapé en récitant son chapelet.

Georges se rappela alors ce qu'était cet hôpital et quelle espèce de malades on y traitait; mais cela ne fit que bouleverser davantage son esprit; Justine si vertueuse, si pure, dévorée par une maladie honteuse, gissant au milieu de ces hideuses créatures qui regardent cette infâme maison comme un pied-à-terre où elles sont habituées à passer quelques mois chaque année!

— Mais c'est impossible s'écria-t-il; les
médecins sont des ignorans.

Il était déjà loin de la demeure où il
avait cru retrouver l'orpheline lorsqu'il pro-
nonça ces dernières paroles; il traversa
Paris sans cesser de courir, et il arriva à la
porte de l'hospice, haletant, couvert de
sueur, et pouvant à peine parler. Il voulut
entrer; mais on lui fit observer qu'il n'était
permis de voir les malades que deux fois
par semaine, et qu'il ne pourrait entrer que
le lendemain.

— Demain! demain! croyez-vous donc
que je puisse vivre jusqu'à demain sans la
voir?... Demain! mais, d'ici là, il y a l'éternité..... Je veux la voir de suite, à l'instant
même..... Il n'y a pas de puissance humaine
qui puisse m'empêcher.....

A ces mots il s'élança dans la cour; mais
l'homme chargé de l'entrée comme de la

sortie de ce tartare vivant le saisit à bras-le-
corps et l'empêcha d'aller plus loin. Cet obstacle ne pouvait pourtant pas retenir bien
long-temps un homme fort et vigoureux
comme l'était Georges; il se dégagea aisément
des bras de celui-ci; et, songeant malgré son
état d'exaltation que les moyens violens en
pareil cas ne sont pas les plus efficaces, il
mit la main dans sa poche, prit sans compter
l'argent qu'il y trouva, et le donna au portier.

— Prenez vite, lui dit-il; je vous en donnerai le double après....Mais de grâce con-
duisez-moi bien vite où je veux aller.

Le portier ôta sa casquette, salua jusqu'à
terre ce généreux et singulier visiteur; il lui
demanda humblement les nom et prénoms
de la malade que Georges s'empressa de lui
donner, puis, fouillant dans le tiroir d'une
table, il en tira une carte qu'il présenta à
Valmer en lui disant : n'oubliez pas que
vous êtes un médecin.

Le pauvre garçon arriva bientôt près du lit sur lequel Justine de Melleran venait d'expirer. L'infortuné perd la raison; il se jette sur ce cadavre couvert d'ulcères; il l'étreint dans ses bras en rugissant comme un lion. L'ecclésiastique était encore là; il s'approche.

— Mon fils, lui dit-il, il faut savoir se soumettre à la volonté de Dieu.

A peine le son de cette voix a-t-il frappé l'oreille de Georges, qu'il se relève brusquement, s'avance vers le prêtre, le regarde attentivement; puis, s'interrogeant lui-même et se passant la main sur les yeux, il s'écrie.

— Mais non....Ce n'est pas une illusion.... Je vois, j'entends....C'est bien Guibard!

— Silence! Georges, dit l'aumônier en mettant la main sur la bouche du jeune homme qu'il venait aussi de reconnaître.

—Quoi! vous étiez là, près d'elle, et vous l'avez laissé mourir..... mourir à cet infâme hôpital.

— Comment! cette femme.....

— C'est Justine! Justine ma bien-aimée, mon sauveur, ma vie!.... Est-il possible que vous l'ignoriez?

— Au nom de Dieu, Georges, taisez-vous, et suivez-moi.... Pauvre garçon!

Il lui prit le bras et l'entraîna sans que le jeune homme opposât la moindre résistance. Dès qu'ils furent seuls, les larmes de Geor ges commencèrent à couler, il put respirer.

— Allons, mon garçon, lui dit Guibard, c'est le cas de se rappeler que l'on est homme.... Pauvre jeune fille! si j'avais pu soupçonner.... Mais je n'ai été appelé près d'elle que quelques minutes avant sa mort; et qui l'aurait reconnue ainsi?

25.

— Elle est morte! morte sans consolation, dans un hôpital.... sans avoir pu m'entendre, me voir libre.... Oh! la justice divine
est plus hideuse encore que la justice humaine!....

Guibard sentit bien que ce n'était pas le
moment de prodiguer les phrases et les raisonnemens; il se contenta d'entourer Georges de soins et de prévenances, et au bout
de quelques heures il le laissa seul afin qu'il
pût pleurer à son aise. La journée se passa
ainsi, journée terrible, pendant laquelle
Georges souffrit plus qu'il n'avait souffert
dans tout le cours de sa vie. Il était calme,
mais sombre lorsque, le lendemain matin,
Guibard vint près de lui.

— Tu dois être un peu surpris, lui dit-il,
de me retrouver en soutane et en calotte.

— Je n'y ai pas pensé.

— C'est que, vois-tu, quand le diable devient vieux, il n'a pas de meilleur parti à prendre que de se faire ermite ; il arrive un instant où l'on se lasse de cette vie agitée, qui a tant de charmes pour les jeunes gens aux passions vives et fortes, et cet instant est venu pour moi. Après la dernière et infructueuse tentative que je fis pour te rendre la liberté, je fus quelque temps malade, et ne guéris que bien difficilement de la blessure avec laquelle j'étais revenu à Paris. Justine était allée à Brest ; je lui avais donné une grande partie de la somme que je possédais ; il me restait peu d'argent, et je sentais que cette énergie qui me servait si heureusement à corriger autrefois la fortune était sensiblement diminuée. Je songeai alors à finir comme j'avais commencé. Cela me parut d'autant plus facile et convenable que le clergé était plus que jamais en faveur : avec une soutane aujourd'hui il n'y a rien que l'on ne puisse ambitionner, point de position où l'on ne puisse arriver, et la preuve, c'est que, après avoir repris le froc, je suis parvenu d'emblée où tu m'as retrouvé. Quant à toi, te voilà libre, et j'en suis très-content; il est seulement malheureux que nous ne soyons pas trois au lieu de deux.

Il se tut, et Georges paraissait n'avoir point entendu, accablé sous le poids de son désespoir, il n'était pas disposé à répondre.

— Eh bien! mon garçon, reprit Guibard, ne veux-tu point me dire comment tu es parvenu à brûler la politesse à ces animaux d'argousins?

— Que vous dirai-je? Justine est venue; elle a sollicité; puis elle m'a annoncé presque en pleurant que je serais bientôt libre; elle est partie. Trois mois après on m'ôte mes chaînes, on m'ouvre les portes, et j'arrive à Paris pour retrouver dans un hôpital le cadavre de celle qui m'a sauvé.

Guibard réfléchit, et, grâce à la perspica-

cité dont il était doué, il trouva aisément le
fil des événemens, et s'expliqua tout-à-fait
que le sacrifice qu'avait dû faire Justine pour
briser les fers de Georges l'avait conduite au
lieu où elle venait d'expirer. Il chercha à le
faire comprendre au jeune homme, qui ne
pouvait croire que sa bien-aimée fût morte
victime d'une maladie honteuse.

— Assez, assez! Guibard, s'écria-t-il; je
regrette déjà le bagne... Non, je ne puis être
contraint à vivre parmi ces bêtes féroces que
l'on appelle hommes; je ne suis pas, je ne
puis pas être de leur espèce....

— Allons donc, Georges! Est-ce bien toi
qui parles ainsi?.... Où est donc ce courage,
cette force d'âme que je te connais?

— Je n'en ai plus besoin.... Ses maux sont
finis, les miens finiront bientôt.

Guibard le quitta en le conjurant de ne pas se laisser aller à ces sombres idées.

— Je reviendrai bientôt, lui dit-il, et j'espère te retrouver plus raisonnable.... Nous avons à remplir un pénible devoir; j'ai obtenu que Justine fût conduite décemment à sa dernière demeure; nous l'accompagnerons.

Georges prit la main de Guibard et la serra fortement.

— Merci, lui dit-il.

En prononçant ce mot, son visage reparut calme, un éclair brilla dans ses yeux; puis il ajouta :

— Je croyais n'avoir plus de services à demander à l'espèce humaine; mais j'aperçois bien que je m'étais trompé.

En proférant ces dernières paroles il retomba dans le profond abattement d'où il était sorti.

CHAPITRE VINGT-UNIÈME.

XXI.

UN CONVOI.

DERRIÈRE l'humble corbillard du pauvre marchaient un ecclésiastique et un jeune homme au front haut, le visage pâle et consterné, mais calme : c'étaient Guibard et

Georges; ils conduisaient au champ du repos les dépouilles mortelles de l'infortunée
Justine. Guibard crut pouvoir hasarder
quelques mots de consolation.

— Qu'est-ce que vingt, quarante, soixante
années? lui disait-il, un point dans l'espace.
A quoi sert de se tourmenter si fort pendant
le chemin puisque nous sommes sûrs de
venir tous au même but.... Qu'importe
que l'un y arrive le premier, puisque l'autre
est sûr de l'y retrouver?

— Lorsque l'on marche sur des charbons
ardens, ne pensez-vous pas que l'on doive
aller plus vite afin de souffrir moins long-
temps.

Guibard hocha la tête et ne répondit
point. Il fallait laisser cicatriser cette plaie
trop fraîche encore, et il comprit que les raisonnemens ne feraient qu'aggraver le mal.

En ce moment le bruit d'une voiture, roulant avec rapidité, se fit entendre ; c'était une calèche qui tenait le haut du pavé ; Guibard se rangea, et entraîna Georges qui semblait ne rien voir et ne rien entendre ; la voiture, emportée par de fougueux coursiers, heurta violemment le corbillard, le renversa avec fracas, et le cercueil qui contenait les restes de Justine, s'étant brisé dans sa chute, le cadavre de l'infortunée roula jusque dans le ruisseau. Au même instant d'infâmes éclats de rire partirent du superbe équipage ; Georges et Guibard jetèrent alors les yeux de ce côté ; les rieurs, que le char brillant emportait, c'était Juliette et le comte de Bonvalier.

— Les scélérats ! dit à voix basse le vieux forban, ils sont bien heureux que j'aie vieilli, changé de métier, et que je veuille rester où je suis ; car j'ai une terrible envie de leur faire rentrer la joie dans le ventre !

Valmer ne répondit rien ; un sourire
amer effleura ses lèvres ; il aida le cocher à
remettre le corps de sa maîtresse dans la
bière ; le corbillard fut relevé, et l'on se remit en marche vers le cimetière. Tout se
passa sans que le visage du jeune homme
annonçât de violentes émotions ; il était debout, immobile près de la fosse ; il y vit,
d'un œil sec, déposer le cadavre de sa bien-
aimée, et il semblait compter les pelletées
de terre que les fossoyeurs jetaient dans
cette fosse.... Le désespoir est tranquille. Ce
calme apparent effraya Guibard, qui commença à craindre que la raison de son protégé ne fût altérée.

— Partons, mon ami, lui dit-il tristement ; tout est fini.

— Non, pas encore ; mais ce le sera bientôt.

— Allons, Georges, un peu de fermeté,

mon cher; je comprends parfaitement la douleur qui te brise l'âme ; mais c'est particulièrement dans ces circonstances pénibles qu'il faut rappeler tout son courage.

—Oh! vraiment, il y a de quoi être fier!... Guibard, vous avez donc changé d'avis sur le compte de l'espèce humaine?

— Pas précisément, mon ami ; je crois toujours que les hommes sont sots et méchans ; mais je pense aussi que tout le mal vient de notre organisation sociale.

— Que m'importe? Tenterai-je de réformer le monde? n'est-il pas plus sage de le quitter......... Je crois fermement à une autre vie, et j'ai hâte de quitter celle-ci. O mon ami! la prospérité du crime est comme la foudre dont les feux trompeurs n'embellissent un instant l'atmosphère que pour précipiter, dans les abîmes de la mort, les malheureux qu'ils ont éblouis.

Cette maxime, d'un auteur fameux autant que corrompu, je la livre, avant de rendre mon âme à Dieu, aux méditations des gens pervers, et encore afin de consoler les gens vertueux.

— Georges, je t'en prie, repousse ces idés-là.... Tu dois cruellement souffrir, je le sais....

— Je commence au contraire à ne plus souffrir : hier, la rage et le désespoir me rongeaient le cœur; aujourd'hui je me sens calme; ma tête n'est plus brûlante, mes idées ne sont plus confuses.

Guibard ne répliqua point; il voyait que le mal était beaucoup plus grand qu'il ne l'avait cru, et il songeait au remède qu'il pourrait lui opposer.

— J'espère, Georges, dit-il après quelques instans de silence, que tu n'as pas l'intention de me quitter? Je veux que tu loges chez moi pendant quelque temps; plus tard, tu auras un autre domicile, et, grâce aux talens que tu possèdes, tu iras à la fortune par des voies plus lentes, il est vrai, mais plus sûres que celles dans lesquelles j'ai marché si long-temps.

Georges sourit et ne répondit point; mais il ne manifesta pas l'intention de quitter Guibard qui l'emmena chez lui. Le jeune homme s'assit, appuya sa tête sur ses deux mains, et passa ainsi le reste de la journée. Vers le soir, l'aumônier l'engagea à se mettre au lit, et il se laissa conduire dans la pièce voisine où il avait déjà passé celle précédente.

— Cela va de mal en pire, pensait le vieux forçat; ce garçon est plus malade qu'il ne le paraît, et j'aurai bien de la peine à lui persuader qu'on a toujours le temps de mourir.

Le lendemain, Georges se leva de bonne heure.

— Eh bien! mon garçon, cela va-t-il mieux?

— Je vous ai dit hier que je ne souffrais plus : j'ai dormi.

— Ma foi, se dit mentalement Guibard, je n'y comprends plus rien du tout; c'est de mauvais augure.

Il sortit, après avoir engagé le jeune homme à faire comme s'il était chez lui.

— Seulement, lui dit-il, il ne faut pas que tu laisses soupçonner à ma gouvernante depuis quel temps et dans quel lieu date notre connaissance.

— Soyez tranquille, mon vieil ami; je ne suis pas devenu fou.

Guibard s'en alla un peu rassuré; Georges sortit aussi peu d'instans après, il rentra bientôt, et s'enferma dans sa chambre. Lorsque le vieux forçat revint, il trouva le jeune homme chargeant tranquillement des pistolets qu'il venait d'acheter.

— Avec qui donc veux-tu te battre, Georges?

— Avec l'espèce humaine, qui me fait horreur.

— Qu'est-ce que ces idées-là?... Allons, sacredieu! veux-tu me faire mettre en colère?... Quoique je sois un peu mûr, j'ai encore du sang dans les veines.

A ces mots, il arracha les pistolets des mains du jeune Valmer, qui le laissa faire sans paraître plus ému.

— Georges, reprit l'aumônier, tu es chez

26.

moi ; tu m'as quelques obligations ; ce sont des dettes que tu dois acquitter par de l'obéissance.... Et, d'ailleurs, mon jeune ami, le suicide est un crime, oui, un crime affreux.... Veux-tu donc te rendre criminel, toi qui n'as rien sur la conscience ?

Il s'aperçut alors que Valmer ne l'écoutait point ; le jeune homme s'était assis ; il avait, comme la veille, appuyé sa tête sur ses mains, et il resta dans cette attitude pendant plusieurs heures sans répondre un mot aux questions que lui adressait son hôte, et sans même paraître les entendre. Vers le soir, cependant, il consentit à prendre quelque nourriture. Le lendemain, il sortit de nouveau ; mais il ne rentra point, et la gouvernante remit à Guibard la lettre suivante que Valmer lui avait laissée.

« Je regrette, mon vieil ami, de ne pouvoir reconnaître, comme vous le désirez, vos bienfaits par de la reconnaissance ; mais

je n'en ai plus le courage. A quoi me servirait-il de vous causer de nouveaux embarras?
Puisque vivre, c'est souffrir, n'ai-je pas trop
vécu? A ce compte, je suis un vieillard, et
je veux éviter la caducité. Aux yeux de l'espèce humaine je vais me rendre coupable
d'un crime; mais que m'importe l'opinion
des hommes?.... Depuis bien long-temps ne
me font-ils pas horreur ou pitié? Les monstres! ne sont-ils pas la cause de toutes les
espèces de tortures que j'ai subies? ne m'ont-
ils pas vingt fois déchiré les entrailles?.... En
bonne conscience, peut-on faire un crime à
la victime de s'échapper des mains du bourreau?.... Non.... et vous avez trop de raison
pour ne pas comprendre qu'avec ma manière de voir et de sentir je prends aujour-
d'hui la seule détermination convenable.
J'ai tout vu sur cette terre, j'ai tout connu,
excepté le bonheur qui ne s'y trouve jamais;
je vais le chercher ailleurs. — Adieu! brave
Guibard, adieu!! »

— Je l'avais prévu! s'écria le vieux for-
çat.... *Ailleurs*, pensa-t-il, pauvre fou! *ailleurs*,
c'est le néant!... S'il en était temps encore!...
Mais où le trouver?...

Il dit, et, comme s'il eût été subitement
frappé d'un trait de lumière, il sortit précipitamment.

CHAPITRE VINGT-DEUZIÈME.

XXII.

SUICIDE.

Le jour allait finir ; un jeune homme, après avoir fait le tour du cimetière de l'Ouest, s'arrêta quelque temps devant la porte qui était fermée ; il frappa trois coups précipités.

— Que demandez-vous? dit le concierge,
qui l'aperçut.

— Je voudrais entrer.

— Il est trop tard. Ne dirait-on pas qu'ils
n'ont pas assez de toute la journée pour visiter les morts?... Comme si ça pouvait les
faire revenir !

Le visiteur ne répliqua point, et il resta
appuyé contre la porte.

— Vous ne pouvez rester là, reprit le
concierge.

— Pourquoi cela?

— Ah! pourquoi.... Il n'y a pas de pourquoi; on ne reste pas là, et voilà.

— C'est une raison qui en vaut une autre,
reprit tranquillement le jeune homme; je

n'en ai guère entendu de meilleure chaque
fois qu'il m'est arrivé d'en demander; mais
j'en connais pourtant une plus puissante. Il
faut que j'entre, c'est une fantaisie; les fantaisies se paient : voici vingt francs, ouvrez-
moi.

— Ma foi, pensait le concierge en ouvrant
la porte, tendant la main et palpant la pièce
d'or, c'en est encore une drôle de fantaisie! Au surplus, quand on a des moyens,
c'est juste; il n'y a rien à dire à ça....

L'inconnu était entré depuis quelques
minutes, et le concierge continuait ses réflexions sur les fantaisies des gens riches,
lorsque le bruit d'une arme à feu se fit entendre. Au même instant un prêtre se précipi-
tait vers le cimetière; il était haletant, couvert de sueur.

— Le malheureux! s'écria-t-il en enten-
dant l'explosion.

— Qu'est-ce que c'est donc, monsieur l'abbé? dit le concierge effrayé.

—Venez, mon ami; venez le secourir, s'il en est temps encore.

Ils accoururent vers une fosse nouvellement comblée, sur laquelle ils aperçurent le corps du jeune homme, qui venait de se faire sauter la cervelle. Cette fosse était celle de Justine, l'abbé c'était Guibard ; le suicidé, c'était Georges, horriblement mutilé et se débattant encore en mordant la poussière, arrachant la terre avec ses ongles, en exhalant son dernier souffle... Le vieux galérien se berça une seconde dans l'espoir chimérique de ravir à la mort une victime si noble et si pure!....il retourna le mourant, posa la main sur son cœur : pénible déception! il ne pressait plus qu'un cadavre.

C'est bien dommage, se disait Guibard,

en retournant chez lui; mais ça ne pouvait pas être autrement : ce garçon ne voulait pas hurler avec les loups, et les loups l'ont mangé. Sacredieu ! il vaut mieux tuer le diable que de se laisser tuer par lui; douce ou non, l'existence est courte, et il est plus raisonnable de songer à en jouir que d'en retrancher quelque chose.

Là-dessus Guibard rentra, gronda sa servante qui avait laissé refroidir le dîner, et mangea d'un bon appétit. Guibard était un homme d'esprit, il est maintenant évêque!....

POST-FACE.

Le tableau est sombre : mais fidèle, le
peintre a vu le monde tel qu'il est, c'est-à-dire
hideux. Notre organisation sociale est une
source intarissable de maux et de crimes de
toute espèce; certes l'auteur n'a pas la pré-
tention de la changer *ex abrupto*, il a voulu
seulement apporter une pierre à ce grand
édifice de réforme qui s'élève si lentement;
il a cherché à prouver que nos lois et nos

mœurs sont en opposition directe avec tous les sentimens élevés ; que la vertu, toujours vantée dans les paroles des hommes, ne se trouve nulle part dans leurs actions. Une créature vertueuse est un paria que tous les genres de persécutions attendent dans notre société où l'on a tout soumis au calcul.

Que ceux qui trouveront de l'exagération dans ce qui précède regardent autour d'eux ; qu'ils secouent les préjugés, et fassent appel à leur conscience : nous sommes convaincus qu'ils s'écrieront en donnant une larme à JUSTINE : Oui, voilà bien LES MALHEURS DE LA VERTU.

FIN.

TABLE

DES MATIÈRES.

FIN.

www.ingramcontent.com/pod-product-compliance
Lightning Source LLC
Chambersburg PA
CBHW050737030726
47505CB00002B/291